当代外国文学丛书

ANIMAL TRISTE

忧伤动物

〔德〕莫妮卡·马龙 著
〔美〕刘宏 译

Monika Maron

漓江出版社

桂图登字：20-2017-275
图书在版编目(CIP)数据

忧伤动物 /（德）莫妮卡·马龙著；（美）刘宏译. —桂林：漓江出版社，2019.4
（当代外国文学丛书）
ISBN 978-7-5407-8598-7

Ⅰ.①忧…　Ⅱ.①莫…②刘…　Ⅲ.①长篇小说-德国-现代 Ⅳ.①I516.45

中国版本图书馆CIP数据核字（2019）第005848号

忧伤动物
YOUSHANG DONGWU

［德］莫妮卡·马龙　著
［美］刘宏　译

出 版 人：刘迪才
出 品 人：符红霞
策划编辑：陆　源
责任编辑：陆　源
助理编辑：孙静静　林培秋
装帧设计：周伟伟
责任监印：周　萍　黄菲菲

出版发行：漓江出版社有限公司
社　　址：广西桂林市南环路22号
邮　　编：541002
发行电话：0773-2583322　　010-85893190
传　　真：0773-2582200　　010-85890870-814
邮购热线：0773-2583322
电子信箱：ljcbs@163.com
网　　址：http://www.lijiangbook.com

印　　制：香河县闻泰印刷包装有限公司
开　　本：880×1230　1/32
印　　张：6.25　　字　　数：125千字
版　　次：2019年4月第1版　　印　　次：2019年4月第1次印刷
书　　号：ISBN 978-7-5407-8598-7　　定　　价：42.00元

目录

谨以此书感谢并怀念

一九九五年六月二十五日去世的君特·布什

年轻时，我和大多数同龄人一样，相信自己会英年早逝。因为我身体中孕育着那么多含苞待放的青春，所以，我不由自主地想象自己会有个壮烈而凄美的结局。我执着地认为自己肯定不会慢慢地衰老而终。而现在呢，都一百岁了，我却依然活着。也许我不过才九十岁，也许我真真确确是个百岁老人了，很难说。除了我存款的那家银行，不会还有人知道我的存在。每个月我都去次银行，取一点点钱。虽然我生活非常节俭，但是我每次都害怕柜台里的工作人员对我说，我账户里已经无钱可取。我虽小有积蓄，却不能想象我以此过活了这么多年，那些钱还仍然取之不尽。也许我从谁那里得到了一笔退休金吧。也许我真的只有九十岁或者更年轻也说不定。因为我对这个世界已经漠不关心，所以也不清楚今昔何年。只有家里没有食物了，我才会出门采购。有时我会去集市，那是我最喜欢买东西的地方，只有在那儿，跻身于熙熙攘攘的人群里，我才最不显眼。我从来没有遇到过熟人。

不过，我自己也不确定我到底还能不能认出他们。或许他们早就全部过世了，只有我还活着。我非常惊讶自己这么大岁数了，腿脚居然足够利索。尽管我每次总是买上两三个星期的食品，数量可观，分量也不轻，但是我把它们拎回家似乎也没有花费太大的力气。为此，我有时对自己的年龄心存疑虑，觉得自己可能把在家中度过的时光计算错了。

我的公寓里没有一面镜子，所以我也就无法根据皱纹的多少来确定自己的年龄。那时，可能是五十、四十或者是六十年前吧，我记得很清楚是个秋天，当我决定不再为自己的生活增添新的插曲时，我打碎了所有的镜子。当然，如果不是几十年前我蓄意毁掉了自己的视力，我也许可以在早晚裸体更衣时检查自己皮肤的状况。

正是因为我最后一位情人的缘故，我才过着与世隔绝的生活。他离我而去的时候，把眼镜遗忘在我家了。多年来，为了把握住这唯一可以亲近他的机会，我戴着那副眼镜，让自己健康的视力与他的近视合为一种共生的模糊。有一天，我在用鸡肉煮面汤的时候，把眼镜摔到了厨房的石板地上。镜片碎了，我倒不觉得有多大的遗憾，因为我的双目早已失去了与生俱来的敏锐和犀利。从那以后，眼镜就躺在我床头的小桌上。偶尔我还是会戴上眼镜，体验一下我的情人戴着它时的感受，尽管这种情况越来越少。

我仍然非常清晰地记得我的情人。我记得当年他来到我家的样子，有点儿迟疑，掂量着步子，就像跳高运动员在助跑时小心地不错过最佳起跳点那样。我仍然可以嗅到他的气息，仿佛他刚刚离开这个房间似的。当夜幕降临我变得疲倦时，我仍然能感觉到他的双臂在拥抱着我。只是他的名字和他离开我的原因，我却不记得了。

我清清楚楚地记得那是个秋日，他走了就再也没有回来。很有可能，他已经撒手人寰了。有时候，我自以为记得是三十、五十或者四十年前，电话铃响了，有个声音，估计是他太太的，对我说，我的情人死了。通话时，她先报了自己的也就是他的姓。从那以后，我就忘掉了他的名字。不过，也有可能这些都只是我的想象而已。我长时间呆坐在这里，杜撰出不同的故事来解释为什么在那个无雨的秋夜，当他发现已无法找出合适的理由去向家人辩解自己的迟归时，便急急忙忙地离开我的住处，而且从此再没有回来过。

我等着他。为此，连着几个星期我都不敢出门，担心他会恰恰在这个时候回来，却由于我不在家而永远离去。夜里，我把电话放在枕头旁边。等待的时候，对他的无限思念萦绕在我的心头。我一遍又一遍地在脑海里回放着我们每次的幽会，他对我说过的千言万语以及我们夜间的缠绵缱绻。我的想象可以让我的情人变得近在咫尺，为此，我可以快乐好几个小时，好似他当真就在我身旁一样。慢慢地，我习惯了空等。如果等待有可能意味着不必希冀结果，那我的等待就是那种不希冀结果的等待。其实直到今天我还在等待。等待本身已经变成了我天性的一部分，等待的无果也早就不再使我痛苦。我不清楚我认识我的情人究竟有多久了，很久或者不太久，但是长久到足够让我用回忆来填满四十或者五十年的时空，那我认识他一定很久了。

当我立志让生命延续为层出不穷、永无止境的爱情故事时，我已经青春不再。我的身体在走下坡路，那些特别敏感的部位已经出现了衰老的迹象：松弛的臀部，软绵绵的、鼓起来的肚皮，大腿内侧的赘肉以及松散成一小块一小块的皮下软组织。但是我的整个身体还保留着青春的轮廓，如果光线恰到好处，用某种姿势绷紧了肌肤，它仍可以让人产生这样的幻觉：我不算老，还相当年轻。

值得庆幸的是，我并不清楚这些年来自己的身体有多糟糕。我变得瘦骨嶙峋，侧身躺在床上时，常被自己的骨头硌得生疼，只好把毯子夹在两膝之间。偶尔出去时，我根本不在乎路人怎么看我。在我这把年纪不招人讨厌就已经是美丽了。我总是定期洗澡，也很小心不让自己流出鼻涕。

我的情人离去后，我换下了我们最后一次睡过的被褥，没有洗过就存放在柜子里。有时，我会把它们拿出来，小心翼翼地铺到床上，不让我情人的头发和皮屑掉下来。被单上印着的鲜红、艳绿和深紫色的大花，不禁让我想起了食肉植物的花朵。黑色的床单上还明显地残留着我情人的精液，一块不很大的污渍，活像坐着的卷毛狗；紧挨着它的是另一块形状大些、轮廓更模糊些的图形。我每次仔细观看，总会发现它像空中流动的云彩那样让我有全新阐释它的机会。

我脱衣躺在床上。我的情人坐在食肉植物之间，把背笔直地靠在墙上，连脖颈也挺得直直的，看起来很果敢的样子。其实他这种坐姿只是为了减轻脊椎的压力，毕竟他不比我年轻，甚至还大我好几岁呢。房间里几乎全黑了，我只能隐约看到他的侧影。当他抽着烟斗时，我听得见他喷云吐雾的声音。我仍然在等着一句话，无所谓是哪句话，只要是句话。但是他什么也没有说，也没有正视我，而是在黑暗中凝视着已拉上窗帘的那扇窗户。我点燃了一支香烟，想方设法地把自己挪到了他的手掌下。在四十或者六十年前的那个夜晚，我们刚刚相识了两个星期。

如果没有记错的话，我大学学的是生物专业。也有可能学的是地质学或者古生物学。总之，当我遇见我的情人时，我已经从事古动物骨骼的研究很长时间了。我在柏林的自然博物馆工作，那里也是我第一次遇见我情人的地方。当时——也许现在还是如此，柏林自然博物馆拥有世界上所有博物馆收藏里可供游人参观的最大的恐龙骨架。那是一只约十二米高、二十三米长的布氏腕龙。如同被置放在神庙里一样，他——我把它称作他——笨重又庄严，仿佛是庞然崛起的神灵却长着一颗小小的头颅；他就这样耸立在饰有圆柱的大厅中间，在透明的穹顶下狰狞地俯视着我——他的女祭司。每天早晨，我对这尊神的侍奉始于静静地祈祷。有那么半分钟或整整一分钟的时间，我站在他面前，望着那奇妙的、由小巧的骨架塑成的眼窝，情不自禁地企盼着：真希望我们邂逅于他的骨骼还被五十吨的肉身包裹着的时候，相遇在一亿五千万年前的某个早晨，当他头顶着亘古不变的朝阳，在坦桑尼亚境内离汤达鸠不远的地方觅食的时候。那里是他逝去的地方，估计也是他曾经的栖息之处。

我喜欢让我的思绪萦绕着布氏腕龙。除了它和我的情人，这世上已经没有什么东西还能让我惦念。多年来，我学会了不去回忆我想忘却的事情。我也不能理解，为什么许多人把那些多如牛毛而又根本不值得经历的琐事堆积在记忆里，却只是为了上百次或者更多次地去把它们翻找出来以炫耀自己没有虚度一生。而我的生命中值得忘却的东西不少，于是，自认为值得保留的人生经历就变得相当简短。我不知道现在的人怎么看待忘却，当年——四十或五十年前，我还没有离群索居的时候，我就不理解为什么人们把忘却当成一种罪孽；如今，我觉得这样的看法简直就是危及生命的愚蠢之举。如同阻挠忘却一样，也有人会阻止别人因不能承受身体上的巨大痛苦而昏厥过去，尽管只有失去知觉才能避免致命的休克或者永久性的精神创伤。忘却便是心灵所需的昏厥。回忆和不忘却简直是风马牛不相及。上帝和这个世界曾经忘却了布氏腕龙：在雅内石教授在汤达鸠找到了几块这种腕龙的骨头之前，有那么整整一亿五千万年，它在地球和宇宙的记忆里荡然无存。自此之后，我们才开始追忆它。这意味着：我们又重新发明了它——它小小的头颅，它的食物、习性、同期物种，它自身种群从出现到死亡的完整绵长的周期。现在，布氏腕龙又“复活”了，而且每个孩子都知道它。

四十或者五十年前的那个夜晚，我的情人背部笔直地靠着墙，坐在我的床上，床单上的食肉植物环拥着他。随着时间的逝去，我就虚拟了那天晚上和其他我们两个人共同度过的所有夜晚。如此，光阴荏苒却并没有时过境迁。

自从我忘记了情人的名字之后，我就称他为弗朗茨，因为我很有把握，这辈子没有认识过第二个弗朗茨。我曾尝试着杜撰出更好听的名字，但是凡是我喜欢的或者我认为也适合我情人的名字，背后都会出现某个哪怕只有过一面之交的人。我不愿意在我想和情人单独相会的时候，无意中想起其他人。“弗朗茨”（Franz）这个名字的发音也很悦耳，我们可以把那个元音“a”尽可能地拉长，开始时声调低一点儿，然后在结尾处轻轻地往上一挑，但是千万不能挑得太重，否则听起来会很傻气。只有这样细微的区分，才会使名字里介于四个辅音之间的那个唯一的元音不被挤碎。这样，“Franz”这个词听起来就和Grab（坟墓）、Sarg（棺材）一样美丽而深沉。

我再也无法知道弗朗茨在想些什么。当时他就那么笔直地坐着，透过黑暗凝视着已拉上窗帘的那扇窗户，呼吸急促，似乎要说句什么。但是我猜测，他不过是在思考怎样避免把那句呼之欲出的话说出来。那句话一定很可怕，或者很美妙。

街灯惨淡的光芒透过白色的窗帘映着弗朗茨的脸，使他看起来像是嵌在了一张曝光不足的黑白相片上，苍白似幽灵，被周围的灰黑色包裹着。那种暗淡的模糊拂去了他脸上岁月的痕迹，让他在那一刻看起来很年轻。像四十或者三十年前一样，我半坐半躺在我情人敞开的两腿之间，背靠着他那结实温暖、像动物一样毛茸茸的肚子，吸着香烟，像他一样看着已拉上窗帘的那扇窗户。

到那天晚上我们正好相识了两个星期。如果我记忆准确的话，在这之前，我生活得平淡无奇。我结过婚，甚至有过孩子，一个漂亮的女儿，她现在应该也有七十或者六十岁了吧。我不知道，她是否还在给我写信。有时候我也收到些来信，但是由于我的视力已经受损，我甚至连寄信人都辨认不出来了。在我还能看得清楚时，女儿在给我的最后一封信里说，她嫁给了一位澳大利亚人或者是加拿大人，想和他一起搬到澳大利亚或者加拿大去，她很幸福云云。从此，我再没有收到过她的其他消息。或许她也认为我已过世，因而放弃了写信。

我丈夫肯定是在我遇到弗朗茨之后无声无息地从我的生活中消失了，否则我无法解释为什么弗朗茨随时都可以到我这所住了多年的公寓来幽会。在我的记忆中，我丈夫是个温和友善的人。我们肯定至少在一起生活了二十年。总之，我们的女儿那时已长大成人，所以当我遇到弗朗茨的时候，我不必再有任何顾忌。当然，也可能是我应该避讳，只是没有这么做罢了。不过，弗朗茨比我更有人情味，他一定不会允许我因为他的缘故而把孩子打发走的。

尽管这种情况很少见，有时我仍会想起和丈夫一起生活的那二十年里的某一天。如果我当时有可能不太幸福的话，那我可是一点儿都没有意识到。直到四月的这天，不知道是谁把我的脑电波给切断了。傍晚时分，我正走在弗里德里希大街上，准备去搭乘城郊火车。突然间，我感觉到舌头莫名其妙地麻木起来，然后这种麻木感迅速地扩散到其他感官上。接下来二十分钟内发生的事情是一个年轻姑娘告诉我的：她见我口吐白沫，痉挛抽搐，晕倒在了石板地上，便伸手相助。

据说，当我从将近三分钟的深度昏迷中苏醒过来后，又继续处于心智迷狂的状态达十五分钟之久。我听说，当救护人员想把我抬上救护车时，我拼命地挥手乱抽。为了安抚我，他们不得不假装先把车开走，几分钟之后再绕回来，这才终于把我送进了医院。那个陪我去医院的年轻姑娘说，我看起来像是吓坏了的样子，非常令人同情。过了一段时间后，我脸部的表情才突然松弛下来。我筋疲力尽却清醒地询问出了什么事情。对这段时间里——从感官开始麻木直到我在某栋房子门口的台阶上苏醒过来——究竟发生过什么，我没有任何印象。当时，医生们对我动用了现代医学范围内的所有“酷刑”，却从我身体上找不到任何可能引起这次昏厥的反常现象。

几个星期之后，我时常还感觉到大脑里某处的运作和以前不同了，左右颠倒，就好像有人把电极的两端给装错了似的。比如，我把别人的姓和名的顺序搞反了；或者我写出二十三，但是实际上想的却是三十二；或者在家时，即使我清楚地知道想打开的是右边的门，我的手却伸向左边。作为科学家，我当然明白对这些症状应该有合理的解释，而对我的病症来说原因甚至会很简单。然而，我越是琢磨这次昏厥的原因以及后果，就越是感到了一种说不出的恐惧。生平第一次我产生了这样的疑问：进化论怎么可以成为否认更高智能存在的依据呢？进化论本身恰恰可以说明这种更高智能的产生是可能的啊。我执拗地想象着：那天晚上，出于我不知道的原因，有种灵异之力在弗里德里希大街上一下子把我关闭了一刻钟，还把我大脑的运作计划稍微地更改了一点儿。尽管我并不把这种想法完全当真，但它更贴近事发之后我无法解释此事的内心感受。然而，如果冥冥之力将我置于濒死状态，提醒我似的给大脑留下一点点迷惑再让我复活，如果它是想用如此残酷的方式向我演示生命的脆弱，那么，这一切的背后肯定还另有隐情，而不能仅以大脑里的海马回或者杏仁体中的几个发疯了的神经元来解释。

昏厥发生之后我变得心慌意乱，魂不守舍，只能靠事后诠释、分析发病时的各种迹象来减轻压力。或许，我的确是在等待某种暗示，借机问自己一个问题并给自己一个答案：如果那天晚上我不是昏厥假死过去，而是千真万确地一命归天了，我会错过什么呢？人生最可能错过的就是爱情。这就是答案，而且，在我终于把这个结论梳理出来之前，我肯定是知道这个答案的。

一年以后，我遇到了弗朗茨。我没有去寻找，也没有期待过他。有天早晨，他站在了我身边，而布氏腕龙狞笑着俯视着我们俩，就像平时对我一个人那样。弗朗茨轻轻地、令我难忘地说：一只美丽的动物。

有那么一会儿我愣在了那里，不知所措。这就像有时候皮肤突然感到疼痛，却不能马上确认是由滚烫的还是冰冷的水引起的一样。这个陌生、温柔的声音是在嘲笑我每天都和一具骨架默默对话呢，还是声音的主人知晓了我的秘密？和我一样，他穿越了一亿五千万年的时光听到了布氏腕龙那一吨重的心脏的搏动；和我一样，他能使那腐烂已久的肉体复活。

因为那时我还不知道他的真实姓名，所以也还不可能忘掉他。弗朗茨有着一双青灰色的小眼睛，那灰色就像莫迪利亚尼画笔下女人们的眼睛所具有的蓝色一样，上下睫毛之间没有一丝白色。但这是个我至今不能纠正的错觉。弗朗茨那对青灰色的小小眼球四周充满了白色，这对眼睛小的人来说再正常不过了。后来我甚至有时候觉得，弗朗茨小眼睛里的眼白多得不太吉利。尽管如此，每当我回想起我第一次遇见弗朗茨，看到他的眼睛时，我总能感觉到他那落在我身上的、若即若离的目光完完全全是灰色的。

我常常自问，那天早晨，皮肤苍白、身材瘦削、胳膊上搭着灰色大衣的弗朗茨站在我面前，我为什么没把他看成一个庄重、有着一份体面工作的普通中年人呢？他的评论——布氏腕龙是只美丽的动物——让我产生被某种预言震惊了的感觉。当然我也可以理解成这是他想和我搭腔讨论恐龙灭绝的客套话。四十或者三十年前，恐龙的绝种是记者及各个年龄段的报刊读者，甚至包括孩子在内最热衷的话题之一。当时我就觉得奇怪，怎么没有人对恐龙的生活却只是对它的死亡感兴趣呢？怎么没有人询问，这些庞然大物在一亿年或者更长的时间里是怎么存活下来的呢？对我来说，这才是真正的谜之所在。某种东西，在地球上存活了这么多年，有一天又突然从这里消失，似乎不是件正常事吧。然而，也许恰恰是这种预感，驱使着人们去寻找一个合理的、独一无二的、不能重复也不会牵扯到人类的原因来探求恐龙的死亡。因为地球人其实一直都在担忧，要么是原子弹，要么是新的疾病，还有就是南北极的冰雪融化，这些都有可能导致他们自身的灭亡。他们对人类的灭亡极具忧患意识，似乎自己的生死存亡皆与此紧密相关。就这样，他们让自己处于无可名状的恐惧之中，胆战心惊地看着自身这个物种如何蜕变成一头暴饮暴食、毫无节制的怪兽。与此同时，他们又貌似在等待怪兽的突然爆裂或者以其他的方式倒毙；或者他们在期待奇迹的发生。正是这种共有的贪婪无度让他们明白自己和恐龙近似一族，恐龙的命运让他们推断出自身所处的危险。他们最愿意相信，一块陨石是导致恐龙灭绝的罪魁祸首，即所谓祸从天降。但是他们怎么也不想想，无论那是场什么样的灾难，小小的乌龟却得以幸存了啊。

那天早晨，当弗朗茨把布氏腕龙的骨骼称为美丽的动物时，我却完全没有把他当成一个寻找慰藉的世界末日预言者，想来是因为他那温柔的、带点儿说不清是哪种口音的声音，是因为他那小小的青灰色的双眸里所流露出的不经意的认真。在确定他并没有因为我在布氏腕龙前的晨祷而讥讽我之后，我回答道：是的，一只美丽的动物。

自那以后，我至少两千次地回顾了这一刻。然而，有过之而无不及，我更多次地禁止自己这样做，因为我担心生命中最宝贵的这一刻会由于自己毫无节制的重新体验而失去魔力。然而，每当我允许自己站在博物馆那透明的穹顶下，站在弗朗茨的身旁，让自己用这句话“是的，一只美丽的动物”来附和他时，与当年一模一样，美妙的音乐立刻就像那穿透玻璃圆顶的阳光一样洒落下来，回荡在大厅的每个角落，震颤着布氏腕龙的骨骼。“啊，把赞美和荣耀献给至高无上的善吧！”巴赫的天籁之曲响了起来，弗朗茨微笑着。

后来，弗朗茨告诉我，他步入大厅，看到我站在巨兽面前时，瞬间就觉得自己被一种无以言表的期待击中了。这份期待促使他一定要和我聊聊。不过，他想不起来除了年轻时不多的冒失行为，自己何时如此直截了当地和任何一位女性攀谈过。

到底我是一百岁还是仅仅八十岁？关于下面这个问题我是琢磨了四十、三十还是六十年呢？究竟是何种因由使得我们会情不自禁地说出“我爱”这两个字眼？这些其实都无关紧要。即便绞尽脑汁再耗费五十年时光，我也找不出答案。我根本弄不清爱情的产生是源自由外向内的内侵式还是自内向外的爆发式。有时候，我觉得爱情就像侵入我们身体的另一种生物，可以几个月甚至好几年先潜伏在我们周围，直到某个时刻，当回忆和梦境纠缠住我们的时候，我们热切地张开了自己的毛孔，爱情立马长驱直入，混进我们的皮肤，藏匿其中。

或者说爱情就像入侵到我们体内的病毒，在我们的身体里蛰伏下来，静静地等待着，终于有一天它发现我们免疫力下降、毫无抵抗力了，于是，它就爆发成一种无药可医的疾病。当然，我也可以把爱情想象成出生后就身陷囹圄的囚犯。它只能偶尔解放一下自己，从我们的身体里越狱成功。如果我把它想象成被判了无期徒刑的犯人，正在越狱逃跑，我就能心领神会，为什么爱情在这罕见的自由时刻会如此狂放不羁，为什么它会如此毫不留情地折磨着我们，使我们的情感在热望和痛苦中跌宕起伏。爱情似乎要向我们演示，如果我们听命于它，它会怎样地善待我们；反之，如果我们反抗它的掌控，我们会得到什么样的惩罚。

我觉得，早在我认识弗朗茨之前，我的爱情就已经做好了自我解放的准备。自从我自问自答了那个问题——明白了“人生最可能错过的就是爱情”这个道理后——爱情就一定在挖掘它的逃生之道了。在我初遇弗朗茨时，它终于获得了自由。从一开始，它就支配着我的行为举止。在弗朗茨这件事上，我不记得我自主做过哪怕是一个最小的决定。并非是爱情阻止我这样做，而是根本就没有什么好决定的；从我们俩相见的第一分钟起，爱情就已经决定了一切。对于它的强制，我并没有抵抗太久，尽管我对它向我摆出的那种毋庸置疑的姿态感到屈辱。然而，我那为数不多的几次尝试，企图让它收敛着点儿，都以它的胜利并让我蒙受新的、更大一轮的屈辱而收场。每一次，它都教训我要俯首帖耳，让它为所欲为。

自从弗朗茨离我而去，我不抱希望地等待他回到我身边以来，我和爱情才做到了和睦相处。我不再区分它和我之间有什么差异。也就是从那时起，无论在我身上发生了什么事，都没有再违背过我的意愿。

那时，五十或者六十年前，我自然而然地将我的幸福和不幸都归结于弗朗茨。

我曾经生活在一个不寻常的时代。我和弗朗茨相遇的时候，这个时代刚刚寿终正寝。我现在不再阅读报纸，除了银行的那个出纳员，也不认识任何其他可以说上几句话的人。因此，我不知道在这期间大家对那个时代形成了什么样的看法，他们对它又是如何评价的。但是我无法想象今天还有人能够理解，那帮当时自称“国际自由解放运动”的强权组织是怎样做到将整个东欧大陆连同其内海、几个附近的岛屿以及领海与世界上的其他地方分割开来的。然后，他们各自为政，标榜自己是本国的合法政府。所有这些都是那场战争的后果，那场由一个民族，也就是德意志民族的犯罪集团发动和输掉了的战争。战胜国之一是个西亚共和国，东欧被作为战利品划归了它，其中也包括半个德国连同半个柏林——我的出生地。我可怜的母亲就是在两次对柏林轰炸的间歇中生下了我。

我年轻的时候读过一本书，名字是个什么年份，叫作一九几几年之类的。书中描述了和我们的生活相近的情形。只是相比之下，我们的经历就显得更加离奇无比。谢天谢地，我已经忘记了这四十年中发生过的许多事情；而且，绝大多数发生的事情也荒谬至极，谁又会记得住它。我当时要是像记住动物骨头的名字或者骨头发现的地点一样把这些经历强记下来就好了，毕竟这对长期从事恐龙骨骼研究的我来说是件驾轻就熟的事。任何一个像我一样习惯了穿越在数亿年的时间范畴里进行思考的人，可能会更容易把这四十年的政治看成是濒死的突变，它的生存在世界历史的长河中甚至不及布氏腕龙从地面抬起一只脚所需要的时间。这么说吧，我对那个时代所作所为的关注，主要是出于我对自然科学的兴趣。我很认真地观察了自己对那些不合逻辑、威胁自身生存的要求是如何反应的，有时，我甚至做了记录。当然，由于我已经无法再阅读任何东西，这些记录现在对我来说既无用也无害，我也不会再受好奇心驱使，轻率地让自己经营了几十年的遗忘工程毁于一旦。

和其他东欧人一样，我的生活也饱受荒诞不经和恣意妄为的无情摧残。我所在的博物馆除了布氏腕龙，还收藏着一些世上珍稀的恐龙标本。我们有一只叉龙，一只橡树龙，一只斗龙，一只板龙，一只缓龙，而最主要的是我们有只始祖鸟——一只珍贵、美丽的始祖鸟。但是他们却把我这个潜在的恐龙迷指派为恐龙的清洁工。我可以管理这些标本，找出关节破损的地方，但是我却不能去美国的蒙大拿、新泽西、康涅狄格河谷和红鹿河山谷寻找它们的兄弟姐妹。我也得不到许可去参观那些奇妙的、由麻省南哈德里的居民普里尼·穆迪早在十九世纪初在他家后院发现的远古鸟类足迹。我甚至不能去参加会议，会会那些见多识广的同行。

谁要是一生中没有过这样的体验——对某种东西的热爱到了无以复加的地步，热衷到要去探究、观赏、触摸与其有关的一切可知的东西——他就不会理解我的不幸。离我们博物馆约三百米的地方就是柏林墙，筑起它是为了围住东德境内的西欧飞地西柏林。在柏林墙存在的那几十年里，虽然我不是太在意它把我和我所在的城市的大部分地区隔离开来，但是，直到最后我都很惊奇这种流氓式的恶作剧居然成功了；而且，四百万柏林市民也竟然容忍了它磐石般的骄横。这就好似如果哪天美国圣安德里亚斯断层终于断裂，加利福尼亚的居民也不得不认命一样。只要我一想起这些，似乎与我试图遐想宇宙的无限一样，会同样地感到头晕目眩。我无法理解，那堵丑陋不堪、三米高的水泥墙不仅仅把我与地球上的其他地方分隔开，而且还切断了我和整个远古时代的联系。它剥夺了我的古生代、中生代、白垩纪、侏罗纪，剥夺了我想毕生奉献的一切。我记得有个和我在同一个恐龙标本部门工作的年轻男同事，有好几年他都梦想着把布氏腕龙头上的玻璃圆顶当作气球飞行的起点，越过三百米的距离飞到柏林墙的另一边去。而他所需要的是难得的东风，几乎无法预测的东风。另外，此举的准备工作想必也很引人注目。首先，热气球不在考虑之列。这是因为热气球燃烧器的火焰会在夜空中照得很远，而年轻人当然只可能在晚上飞走。如果是用氢气球的话，那他至少得把十只沉重的、一点五米高的钢瓶搬到玻璃圆顶上去，很有可能得把它们存放在那里好几个星期才能等到下一次的东风来临。这期间，他还得处处小心以防被人发现。尽管如此，有一天这个年轻人还是失踪了，就像我女儿失踪了一样。后来，他从罗马给我们写过一张卡片。我对这个年轻人记得很清楚，因为我曾经常常沉浸在这样的想象中：晚上，漆黑的大厅，我站在布氏腕龙旁边，透过玻璃圆顶看到气球慢慢地充满了气，外壳绷得越来越紧，然后载着年轻人升空而去。我看到，年轻人的鞋底被带离了屋顶，他的腿那样摆动着，好像他能在空中行走一般。我那时的的确确生活在一个不寻常的时代。假使我曾被允许浪迹天涯去追寻恐龙的踪迹，天晓得我是不是就会对它们更加了解？即使所有我对恐龙的预感和猜测不会在正统的教科书里占有一席之地，天晓得我和我那唯一的最爱之间所进行的永恒对话，会不会反倒使我更加接近恐龙的神秘世界？对这些问题我没有答案。

*

弗朗茨能够在我家过夜的时候不多。通常他都会在午夜十二点半的时候问我几点了，其实这完全没有必要，因为十二点半的时候，他总是知道时辰已到，该准备回家了。直到今天我还是不明白，为什么弗朗茨总得在一点钟到家，而不是两点或者三点钟。但是我明白，少几个小时或者多几个小时都不会改变什么。只有很少的几个夜晚，因为他太太离开两天或者三天独自去拜访某个亲戚，我才不必和弗朗茨的太太分享他。这种时候，我总是在弗朗茨睡着以后很久才入睡。我清楚地记得他睡觉的样子：纤柔的眼睑如微微颤动的蛾翼，盖住了那双青灰色的小眼睛。那柔软的、在白天因为担心暴露自己什么而抿紧了的下唇，现在松开了。因为精疲力竭，他摊开身体睡着，微微张开嘴巴，浅浅并急促地呼吸着，像个被追赶的孩子。我曾看到他冻得把自己缩在枕头底下，也曾看到他在夏季炎热的夜晚睡成了个大字，瘦削、放松了的身体被食肉植物包拥着，好像马蒂斯画中跳轮舞的人物。

我和弗朗茨之间最奇特的地方就是我从一开始便对他没有任何恐惧感。在我爱过的所有男人中，弗朗茨是唯一没有让我害怕过的人。否则我无法解释，尽管多年来我一直忧心忡忡地关注着自己身体的逐渐衰老，可居然有这么一天，我克服了对陌生男人肉体的胆怯，出乎意料地让自己不再年轻的裸体和弗朗茨的裸体躺在了一起。在这之前，我虽然决定不再放纵欲望以免让自己事后担惊受怕，但是就在我和弗朗茨亲密无间的第二天，我已经不记得究竟是哪句话或者是哪种表情让我的这个决心一下子化为乌有。弗朗茨知道为什么，可是他不说出来。我预感在我健忘的背后还有什么神秘莫测的东西，所以在我追问了弗朗茨好久之后，有一次，他用食指和中指的背面抚摸了一下我的脸颊说：就是这样。

也许就是这样吧。四十或者六十年以来，我反复尝试着把这几秒钟从忘却的沧海中打捞上来，但却一无所获。我只能模拟这样的场景：弗朗茨划过我脸颊的手指，力度如认真的话语，短暂似收回的承诺。要不就是这样，如同我小时候第一次偷偷地触摸布氏腕龙一样；我情不自禁，无法抗拒诱惑，似乎仅仅那瞬时的接触就让我分享了它的秘密。我的手指不过是碰到了它的脚，却禁不住战栗了一下，又马上缩了回去。我相信，在我的指尖和布氏恐龙石化了的脚趾接触的那一瞬间，我们俩的生命长河之间逝去的所有亡灵随即发生了短暂的心灵感应。弗朗茨和我之间肯定也是这样的。当弗朗茨手背的皮肤和我脸颊的肌肤相触的一刹那，我和他都感受到了各自用神秘莫测的爱情密码向对方传递出的无以言表的东西。

从那时起，我开始了忘却。首先我忘记了在遇到弗朗茨之前我认识的男人。刚开始时我并不是真的忘掉了他们；我记得他们的名字，他们的职业，他们的模样，还有我们相处的时间，我甚至记得他们的身体。我只是忘记了他们的爱抚。我甚至无法再想象，另外一个人的手探索我的身体时，我曾经是否感到激情澎湃或者哪怕只是觉得愉悦。然而我很清楚，在弗朗茨之前我肯定是有过这样的体验。虽然我怀疑在弗朗茨之前我是否爱过哪个男人，但是在遇到弗朗茨之前我肯定是真心、热烈地爱过两个或者三个男人的。即使如此，自从在一个四月的傍晚，有人或者有什么东西在弗里德里希大街上向我演示了生命是如此脆弱之后，我怀疑自己与爱情早已失之交臂的想法就顽固地纠缠上了我。

其实，尽管当时有那种遗忘的感觉，我一开始并没有忘记那些男人。直到现在，在经过了二十五或者四十五年无数次重温我和弗朗茨的生活之后，当我对回忆和忘却已经有了足够的了解之后，我才认识到，当时我首先忘却的是我自己。我忘记了所有的激情和肉欲，忘记了所有的温柔和贪婪。任何人和物，如果有可能质疑我对弗朗茨独一无二的爱，都被我从记忆中抹掉了，就好像我从来没有过这样的经历一样。

为了别无杂念地爱恋弗朗茨，我已经在自己的公寓里孤独地生活了很多年。最近几个星期或者最近几年来，我却又想起了那些琐碎往事。它只能说明我对弗朗茨的爱慢慢地淡漠了。然而，我活着的唯一理由就是热爱弗朗茨，因此，我觉得自己很快就会不久人世。反正我也许注定要很快辞世，所以我渐行渐远的爱不过是我生命力衰退的表现。如果世人所说的是正确的——人在晚年的最后阶段会再次体验青年时代，然后是孩提时代并一直回归到那个把“之前”和“之后”融合成死亡的起始点，那么，回想起在记忆中尘封了很久的人和事，也可能表明我已时日不多。不能排除我有产生错觉的可能，因为十年或者是二十年前，有一次我就感到过非同寻常的筋疲力尽，以至于我相信自己活不过下个月了。如果我没有糊涂的话，我这次千真万确是要与世辞别了。

那我可要最后一次重温我和弗朗茨度过的时光；我一定要仔仔细细地回忆，这样才不会忘记那些最重要或者最美好的日子，而其实它们大多数时候都是夜晚。

*

我躺在弗朗茨身边。那是个夏天，我和弗朗茨共度的第一个夏天，也许是唯一的一个夏天，也可能是两个或者五个，我说不清楚。我躺在弗朗茨旁边，没有去抚摸他，而是向他讲述了我朋友埃米尔的葬礼。弗朗茨和我的生活背景不同，他来自西德的乌尔姆，而我曾身处的不寻常时代，他只是在报纸上读到过。我费了好大劲儿向弗朗茨解释那个发生在埃米尔身上的滑稽可笑的葬礼是怎么回事，向他解释，这样的葬礼不可能发生在其他任何年份，甚至早几个月或者晚几个月都不可能。而我生活过的那个不寻常时代在这个夏季的半年之前刚刚结束。当年，我认识两个来自西德萨尔州的人。其中之一原是个经验丰富的房顶维修工，后来那个所谓的“国际自由解放运动”任命他为我们的国家元首。另外一个就是埃米尔。也许还有更多的来自萨尔州的人，但是我只认识这两位。如果政府首脑非得来自萨尔州的话，那我无论如何也宁愿选择埃米尔。我对房顶维修工本身并没有任何成见，只是觉得即便是在专制统治这样的条件下，能把砖瓦在房顶上铺得天衣无缝，并不代表有足够的能力可以领导一个像国家这么复杂的组织。从长远来看，即使是独断专行也需要才智兼备、训练有素才行。埃米尔是个颇有才智的人，他尊重教育，敬佩他认为有知识的人。我认识埃米尔是因为他带着学生来博物馆参观，我给他们做了一个关于布氏腕龙的报告。从那以后，我们有时候在博物馆附近的咖啡馆里碰碰面，或者埃米尔来我家聊聊天。在我家时，他和我丈夫连着好几个晚上都会就一个问题争论不休，即假设马奇诺防线如果不是建在地下，而是像环绕柏林的那堵墙一样有三米高，假设该防线不仅设在山势险峻，但正常人都不会在那里作战的代特莫尔德与梅济耶尔地区之间，而且还能够一直延伸到比利时北部的弗兰德边界的话，那么，马奇诺是不是足以抵挡德国人的进攻？他们说，之所以应该这样设防，是因为德国人在第一次世界大战中，就是从弗兰德这个角落穿插过来的。我对这一切记得这么清楚，是因为我对此根本没有兴趣。每次看到他们两个在那里把马奇诺防线拆来搬去的，我都问我自己，究竟具有哪类特质的人才会对这些东西感兴趣？

后来，埃米尔离开了学校，在政界飞黄腾达。他就这样——如他自己后来所说——作为重要幕僚在权力机构的许多部门里鞍前马后地忙碌着。终于有一天医生必须锯开他的胸腔，并借助小腿上的几根静脉才修复了他心脏里好几条堵塞的血管。

我不知道是不是所有萨尔州的人都像房顶维修工和埃米尔一样这么雄心勃勃。但是埃米尔真是个诚实正派的人，否则他也不会在成为那个房顶维修工副手的左膀右臂之后，在此人手下没有折腾几年就差点儿一命呜呼吧。

埃米尔被锯开的胸骨又重新长好了，只是从锁骨到肋弓的一条伤疤表明他曾濒临死亡。而每次他让人看手术的疤痕时，我都不禁想到一只缝好待烤的鹅。埃米尔变成了病残退休人员。他决定写一本关于美因茨共和国时期女雅各宾派的书。埃米尔说，如果他没生病的话，他会一直愚蠢下去的。他指的是，如果不是一场大病让他得以解脱，作为“国际自由解放运动”成员的他就不会认清那个组织的本质，可能还会为它服务下去。

当然，事实正好相反：埃米尔之所以生病，是因为他达不到他那萨尔州人的雄心壮志要求他表现出的愚蠢程度。但是埃米尔不相信这两者之间的联系，而这种关联源自另一种逻辑，不同于那个把马奇诺防线从弗兰德修到巴塞尔的逻辑。

于是，埃米尔过上了退休生活。就像那些所有不能从事正常工作的老弱病残一样，通向世界的大门也向他敞开了，而这扇门当时就在弗里德里希大街火车站旁边的一栋镶着玻璃的平房里。每个星期一他都乘车去西柏林市的选帝侯大街，买本《明镜》周刊，然后在“卡宾斯基”饭店喝上一小壶咖啡。为了这点儿享受，他得破费一笔数额不小的退休金：每月开销的这五十西德马克他得在黑市上用六倍的东德马克换取。返回东柏林后，说起看到的花店和书店他是如此这般的陶醉，好像他看到的是梵蒂冈的西斯廷教堂或者北美的尼亚加拉大瀑布。在某一次这样的“走向世界”的游玩中，他认识了西碧乐。西碧乐以前是个舞蹈演员，由于一次腿部的复合型骨折，不得已在很年轻的时候就放弃了跳舞。但是为了不完全放弃自己对舞蹈的热爱，西碧乐经营着一家专卖芭蕾舞服饰的小店。

埃米尔那时五十九岁，西碧乐四十九岁。我确信，他们是我这一生中见过的最美好的一对情侣。他们可以在谈话中突然深情款款、目不转睛地注视对方，这种深情厚谊使得每个和他们一起坐在桌旁的人都感动地停止了交谈，沉浸于回忆自己生活中相似的幸福时刻。虽然埃米尔和西碧乐在公共场合表达爱意时应该算是腼腆保守了，但是他们总是寻找机会或是轻轻地碰碰对方，或是好像无意中往对方身上那么靠一下，似乎他们必须反复地切身体会彼此的存在，似乎他们难以相信他们之间有那么多无以复加的幸福。几个月之后，埃米尔让人帮他核算了一下，如果他移居西柏林的话，每个月他能拿到多少退休金，西碧乐也开始寻找一套大点儿的公寓。

结果，那个不寻常的时代突然在一夜之间结束了，柏林墙被拆毁了。西碧乐到埃米尔家来访的时候，再也不必午夜十二点前离开东柏林了，而埃米尔的住处其实对他们两人来说足够大了。

但是，埃米尔的心却又骚动起来，骚动的起因和西碧乐无关，也是她理解不了的。我也不能理解，但是我认识埃米尔很久了，所以，当我听说他又重新渴望踏入权力机构的重要部门时不是特别感到意外。埃米尔让医生开了证明，说他已经痊愈，接着他加入了一个新近组建的政党，并为其竞选成功日夜奋战。他又成了某人的左膀右臂，这次是为一个经验丰富的裁缝师傅做高级幕僚，后者是因为新建的政党缺乏人手而被推上了高位，埃米尔则担任他的办公室主任。终于，埃米尔可以修建他的马奇诺防线了，这可不是事后为那次早就失败了的战役补建什么，而是在现世里，同时，也是为了将来而尽心尽力。在四个月的时间里，埃米尔成了历史的创造者。他的政党胜出，他为之效力的那个裁缝师傅成了市长，而埃米尔在这之后却仅仅活了三个星期。我从报纸上获悉了他的死讯：市长办公室主任埃米尔·皮在凌晨时分因第三次心梗死于其女友住所。

我给西碧乐打了电话。还没等我开口询问，她就说：他不是在我这里去世的啊。似乎她已经这样喃喃自语很久了，却不知道自己在说些什么。在这之前几个月，西碧乐和埃米尔见面的次数已经很少了。尽管为了埃米尔，西碧乐甚至可以放弃自己经营的芭蕾舞服饰精品店，但是她却难以理解埃米尔新官上任的那种热情。她把这种狂热归结于埃米尔曾经生活过的那个不寻常时代，觉得自己也许永远理解不了埃米尔的世界。当然，有次她说到，她当年也是在万不得已的情况下才放弃了成为舞蹈演员的梦想。

我觉得所有我参加过的葬礼都有点儿滑稽。不管是不是喜欢死者，大家都会众口一致地表示哀悼。凌乱潦草的仪式，那些职业致辞者在墓前的信口开河、随意发挥，所有这些都让我为这种仓促的告别场面要么感到滑稽，要么感到难堪。与此相反，埃米尔的葬礼虽然滑稽，但近乎壮观。尽管他是猝死，可我不知道他是怎么做到让自己被安葬在全城最有名的陵园墓地的，就安息在离黑格尔和布莱希特的墓碑不远的地方。这显然是埃米尔一直梦寐以求的地方，而且他也清楚要实现这个“妄想”，机会非常渺茫。但是我可以想象，埃米尔想要的不是别的，就是这两平方米的墓地，为此他可以背叛他的爱情和西碧乐，牺牲他尚有的五年或者十年的生命去换取一个绝无仅有的机会，让自己混进永垂不朽的英杰之列。埃米尔很清楚他是冒着生命危险重新工作的。所以他很有可能立下了一份遗嘱，表达了被安葬在市立多罗逊陵园的迫切愿望。因此，一旦埃米尔真是为了市长而死的话，后者也不好拒绝他的遗愿了。我想，埃米尔盘算好了，认为在一座誉满天下的陵园得到永恒，要比和西碧乐度过那点儿有限的时间更有价值。不管怎么说，反正他想起来一位在他病危时曾照顾过他的前任女友。于是，在他组织竞选的那些彻夜无眠的日子里，在他刚刚就职的时候，这位前女友便去照顾他的衣食起居。这包括浆洗埃米尔的衬衫，即使在夜里也给他煮上碗热汤，在他去世时，给医生打了电话。所以，在埃米尔下葬之前，墓旁站了两位“遗孀”：一位是神色黯然、手里捧着一大束红玫瑰的西碧乐，另一位是手里捧着一束白玫瑰的前女友。后者被致辞者称为“亲爱的瓦格纳女士”，而西碧乐的名字根本就没人提及。追悼会上，瓦格纳女士坐在第一排，而西碧乐却迟到了。西碧乐先是轻手轻脚地走进小教堂，当时，新政党的副主席正在致辞。然而，她接下来关门的声音却太响了一点儿，使得所有的人都转过身来看见她抱着玫瑰，站在门旁，脸色苍白得似乎连雀斑的颜色都消失了。瓦格纳女士虽然从没有见过西碧乐，这时却好像立刻就明白了站在门边的是谁。她像受了惊吓，又像是鄙夷不屑地把头扭回前方，总之，她摆出了一副绝不让自己死者未亡人的身份受到损害的劲头。新政党的副主席说，他认识埃米尔不过几个月，但是却对他这几个月的表现印象非常深刻。第二个致辞者，一个来自市长办公室的年轻小伙子，也是这么说的。大多数与会者显然认识埃米尔也就几个月，这肯定使瓦格纳女士如释重负。接着，瓦格纳女士站在埃米尔的墓旁，被人充满同情地一百次甚至一百多次地握着手。我看到这些时，心里很不自在。

我四岁还是五岁的时候，在大街上的排水沟旁捡到了一个玩具娃娃的头。那时正是战后的第一年或者第二年，我热切地希望有个玩具娃娃，却不知是买不到，还是妈妈没钱买给我。于是，我就自得其乐地玩着这个意外发现的娃娃头，把它放到娃娃车里，盖住脖子，好像脖子下面还连着身体似的。如果不是有个粗鲁的家伙大声地嘲笑我，我还陶醉在幻想中，觉得自己推着车在和小娃娃散步呢。然而，没有人嘲笑瓦格纳女士，至少是没有人让她有所耳闻。也许，她以快乐寡妇的身份安享了晚年，在提到埃米尔的时候，甚至称他为“我死去的丈夫”。但是在追悼会上，她对自己的新角色还不太熟悉，就像市长也不太熟悉他的角色一样。市长大人肯定累得够呛，因为他先是让一个下属抱着花束，之后又令他把花放到棺木上。然而，这束花不算太大，不见得比西碧乐和瓦格纳女士的玫瑰花束大多少，他没有理由不自己抱着啊。当时，市长没有和其他吊唁的人走在一起。他踽踽独行，后面离他两三步远，跟着那位捧着花的下属。当市长漫不经心地改变行进方向时，两个人都费了好大劲儿才维持住应有的顺序：市长在前，下属尾随其后。除了在电视里看到过其他政府首脑，这位从前的裁缝师傅又该从哪里学到他的新头衔所应有的派头呢？埃米尔颇有与权势人物交往的丰富经验，或许可以告诉市长如何行事，但是埃米尔已经死了。

弗朗茨无声地躺在我身边，街灯惨淡的光线透过白色的窗帘落在他的脸上。我看不出他那双小小的青灰色眼睛究竟是闭着的还是睁开的。

就是那个夏天，我对弗朗茨说，就是在那个夏天里，物是人非，每个人都不再是之前那个夏天里的自己了。裁缝师傅当了市长，埃米尔的前女友变成了他的遗孀，那些一年前还不认识埃米尔的人则成了他最亲近的朋友，在他的墓前致辞。他的旧友反倒无人相认，被边缘化了。仿佛埃米尔只活了这一年，仿佛我们大家都才刚活了一年。只有西碧乐回到了她的芭蕾舞服饰精品店，还原成认识埃米尔之前的自己，只不过，又遭遇了一次背叛。

马上弗朗茨就会问我，就像他三十或者四十五年前问过我的那样。他会问：在那之前的夏天，你曾经是个什么样的人？可我还是不知道该怎样回答他的这个问题。这是因为我无法再想象如果没有弗朗茨在我身边，我会是个什么样的人。我只能说，我以前不是谁或者我曾经不是什么样的人。一年前我还不是弗朗茨的情人。事后我才意识到，只有当我把自己的一生理解成一个特意等待弗朗茨的漫长过程时，我的出生才具有这么一个唯一的目的。有时候，我甚至还觉得，柏林墙之所以被拆毁就是为了让弗朗茨最终能找到我。而且，如果那天我不是像每天早晨一样虔诚地站在布氏腕龙的面前为我所错过的一切寻找安慰的话，如果我的生活过得还算幸福的话，如果我在布氏腕龙下的那个位置不是被我当成了我的蒙大拿、我的新泽西、我的麻省南哈德里的普里尼·穆迪花园的话，弗朗茨也就不会在那里遇到我。

然而，弗朗茨并没有问我，一年以前我是个什么样的人。也许，他当年也没有问过这样的问题，只是我臆测到了这个可想而知的问题。我同时还发现，如果他真的问我了，我也不知道如何应答。其实，弗朗茨甚至可能没有问这个问题，因为他从来没有回答过类似的问题，至少是没有真正回答过。对那些需要敞开心扉的问题，弗朗茨备有三个答案，“也许吧”“估计是这样”“我的确不知道啊”。其中只有这最后一个答案“我的确不知道啊”还算保留了一点儿可能给出什么信息的意愿。而诸如此类的套话，比如“也许吧”和“估计是这样”，则表明了弗朗茨不予回答的决然态度。假设我问过弗朗茨他前一个夏天是个什么样的人，他可能会这样回答：“我的确不知道啊。”他这句话可能略带点儿含糊的绝望，似乎是觉得提出的问题没有什么意义，因而对回答它感到无能为力。如果我接着再问他是不是讨厌这样的问题，他会说:“也许吧。”而这句话已经带有小心翼翼、腼腆的警告成分:你别再追问了。如果我不管不顾追问他是不是也连带着讨厌提这种问题的人,或者他是不是那种愿意对自己一无所知的人,他会说:“估计是这样。”弗朗茨憎恨任何形式的粗暴无礼,但是,像大家一样,他也避免不了这样的情况。于是,如同佩尔修斯用镜子截住了美杜莎那凶恶的目光,弗朗茨也学会了用他自己的“估计是这样”来抵挡别人的无礼,再把“无礼”抛回给那些始作俑者。

我想来想去,时间越长也就越不能理解,我怎么能够把这么一个愚蠢的问题强加给弗朗茨几十年呢?每当我重新体验这个夜晚的时候,它都以弗朗茨的提问“一年前你是个什么样的人”而结束。真相可能是,有提问却没有回答。其实,那都是我自己在提问,也是我自己没有给出答案。现在四十或五十年都过去了,事情还是悬而未决。不过,我也早就不再追寻这个答案了。我勉强接受了这样的事实:我们一生中最难做到的事就是认识自我。我们甚至连自己究竟长什么样子都不知道呢。我们认识自己的镜像,认出在相片上或者录像里的自己,仅此而已。如果有人声称,我们和另一个人相像,我们却已经无法设身处地去理解个中缘由了。在自己身上,我们找不到下一代的影子;在父母身上,我们看不到我们自己。当年,在我还很注重自己的外貌时,我知道自己长着灰色的眼睛、弯曲的鼻子和自认为太窄小的嘴巴。但是,如果我和我自己不期而遇,很难说我会不会喜欢我自己。于是,我们就贪婪地傻盯着自己的相片看,希望相片会显示我们从没看到的东西：我们走动着，在其他人中间笑着；或者我们沉思着，闭着眼睛，甚至睡着了。总之，这些都不同于那些精心策划出来的虚假骗人的镜像。我们希望能成功地在自己和镜像之间魔术般地变出几秒钟的陌生感，至少有这么一次用别人的眼睛好好看看自己，再看看自己又是怎么看别人的。但是，这是我们做不到的。

自从我让弗朗茨饱览和爱抚了我赤裸的肌肤之后，我常常问自己：当弗朗茨注视我的时候，他看到了什么？

我让自己的身体在弗朗茨面前舒展开来。时值冬日或者是深秋，窗前光秃秃的槭树枝使路灯惨白的光芒未受阻拦就透过窗帘照了进来。我一丝不挂地躺在弗朗茨面前，任他小心地勾画着我身体的曲线，用指尖触摸着我皴裂的皮肤、伤疤，还有我那对不尽如人意、松软的乳房，然后听他夸我很美，这让我窘迫得无地自容。但是弗朗茨看着我的时候，他看到了什么呢？我在弗朗茨青灰色的小眼睛里出落得美丽，可能归因于他视力不佳吧，这是因为当我们两个并肩躺在床上的时候，他理所当然没戴眼镜。但是我的视力还不错。只有当我特别累的时候，偶尔会感到阅读吃力。为此，在我认识弗朗茨的几个星期前，我配了一副眼镜，可是在弗朗茨面前，我却从来没有戴过。尽管我比弗朗茨年轻几岁，视力尚可，我仍然觉得弗朗茨是个美男子。而弗朗茨似乎和我一样，对自己当下的容颜不是很自信，却和我一样，愿意提起自己往日的辉煌。只要我一称赞他身体的某个部位，比如他修长的、圆柱样的大腿，或者他不是特别宽阔但是很强壮的肩膀，弗朗茨就说：那你应该看看我三十年前掷铁饼时候的样子。而我呢，当弗朗茨谈及我的美丽时，我就说：哦，那是过去的事了。现在我一百岁了，谢天谢地，弗朗茨再也看不到我的身体已经松弛成一片片赘肉，像从骨架上垂下来似的。只有我还总是看得见弗朗茨：双臂交叉着放在后脑，眼睛向上盯着天花板，他这样躺在食肉植物之间，就像躺在了夏天的草地上一样。而我，像三十或者四十年前一样，清楚地知道他十七或者十八岁时的样子。

你是我迟来的青春之爱，我对弗朗茨说。弗朗茨应答，是这样啊。他的回答听起来像带着个问号，显然是在鼓励我应该做进一步的解释。

我没有过青春之爱，至少是没有过幸运的青春之爱。我爱上的人，人家不爱我；而爱上我的人，我却并不垂青。这可以说是一种缺陷，也可以说是清高。幸福遥不可及，而唾手可得的一定不是真正的幸福。

对，弗朗茨答道，对。

我清楚地记得，这天晚上弗朗茨用了“对”这个字。这是一个充满期待而又自行消失的“对”，伴随着它微弱乏力的回音。这十年或者二十年来，我又重新想起了它。但是那天晚上我听到这个字后，就忘记了。很奇怪，我们对很多东西都是只知其一，不知其二。我当然一直知道自己没有过青春之爱。我之所以一定是知道的，是因为在我年轻的时候，我就是那个徒劳等待并寻觅爱情的人。我不无嫉妒地瞅着我周围那些人，他们只需坠入情网、订婚、结婚就能得到简单轻松的幸福。而令人大惑不解的是，也许是由于我的秉性或者是类似的、无法得知的原因，我却被排除在这种幸福之外。我渴望着幸福，同时却又鄙视它。很可能我也鄙视那些幸福的人。直到今天我都在问自己，是什么或者是谁把这种阴郁注入了我的灵魂？是我降生年代的那场战争吗？还是我母亲那让人无法忍受的对生命的狂热？可又有谁能说清楚这些？总之，在遇到弗朗茨之前，我虽没有青春之爱，但是这并没有让我感到有什么异样。只有当我认识了弗朗茨之后，下面这句话才有了意义：我不曾有过青春之爱，我错过了什么。

弗朗茨有过青春之爱。他告诉过我，而且还给我看了一张照片：弗朗茨和一个女孩相拥在沙滩或者草地上，他们脸上洋溢着那份“我们拥有彼此”的得意和自信。毫无疑问，他们是天生的一对，他们将永远厮守在一起。从照片上看，他们还能这样宣告。弗朗茨身体前倾，弯成一个弓形，女孩手脚交叠坐在他怀里。弗朗茨的右手搭在她胸部的上方，却没有去碰它。

另一张照片上，弗朗茨是一个人。他那双小眼睛穿透他头上的那片青灰色的天空，似乎想要吸干天上那忧郁的颜色。

对，弗朗茨说道，对，然后我就忘记了这件事。倘若我没有忘记的话，倘若我现在问弗朗茨，他那个“对”是什么意思，他会说，我那“幸福遥不可及”的轻率看法是有一定道理的。爱情只可能存在于现实生活以外，这样的爱情会不可避免地毁掉两个相爱的人。他会说，特里斯坦设置了一个又一个的障碍，因为他对此心知肚明。俄耳甫斯故意回头望了一眼，因为他根本不想救出他的妻子欧律狄克。他不想爱她，只是想歌颂他对她那永垂不朽的爱，一直唱到死神降临。如果我问弗朗茨，他那“对”是什么意思的话，他就会这么说的，可我实在不想知道这些。

如今，只要我想起周围的人，就不难想象，当年他们恐怕会觉得这非常好笑：有这么一个人，处在这么一个年龄段，儿女已长大成人，甚至可能都有了孙辈，而且胆固醇偏高，有心梗的危险。而这个人却声称，他正在追回自己错过的青春之爱。在四月的那个傍晚，在我大脑的两极被换位之前，也许连我自己也觉得这样做是多么不可思议。爱情的境遇如同恐龙的命运一样，全世界都对其死亡津津乐道，比如对特里斯坦和伊索尔德、罗密欧和朱丽叶、安娜·卡列尼娜、彭忒西勒娅等的悲剧。人们总是对死亡兴致勃勃，总是对“无法超越的极限”欣喜若狂。我根本无法相信世人就像他们所托词的那样没有能力去爱。他们不过是轻信了那些没有品尝过青春之爱的不幸灵魂。而这些可怜虫在还没有学会何时去爱之前，就在极度恐惧中过早地把爱情从身体里呼唤出来了。

*

对那些自称喜欢回忆童年的人我一向都没有什么好感。虽然当初遇到这样的人时，我就已经隐隐感到我这样做对他们不太公平。如果一个人有个美好的童年，怎么会不喜欢回忆它呢？我不喜欢回想我的童年，更别说我的青少年时期了，所以，多数时候我就根本不去想它。然而，有时候我却身不由己了。于是，突然我就和汉兹·帕茨克坐在了排水沟上。那时正是夏天，我们都不必穿鞋。汉兹嚼着一块口香糖，我哀求他分给我一半。汉兹虽然不乐意，但还是从嘴里揪出了那块灰白色的东西，用他那肮脏的拇指和食指把口香糖从中间拉扯开，同时用舌头截住那些宝贵的口香糖丝儿，然后给了我较小的一块，我就继续嚼着那块被汉兹的口水泡软的、脏兮兮的口香糖。我和汉兹是打算结婚的。有一次，是在冬天的时候，汉兹向我炫耀他可以在雪地上尿出兔子的形状。后来，我在书里读到，女孩肯定都有过“阴茎羡妒情结”时，就想起了这件事。但是，我确信，虽然我是女孩，一生中却从来没有过“阴茎羡妒情结”，甚至当汉兹尿出了那漂亮的、长长的兔子耳朵时也没有过。

汉兹、口香糖和兔子构成了我记忆里比较快乐的那部分。我记不清它们发生的时间了。不过，那时战争已经结束了，我们还没有上学。介于战后和上学之间的这段时间是我童年时代最幸福的时光。之后，街角那座已被炸毁的教堂的门窗被人用砖给封住了，而且我们再也不能拿那些死兔子当玩具玩了。其实它们是被毒死的耗子，我们知道真相后也不在乎。我们把死耗子包在破布片里，玩起“爸爸、妈妈、孩子”三口人过家家的游戏：汉兹是爸爸，我是妈妈，耗子是孩子。那几年的夏天都是尘土飞扬，细微的、石灰状的尘埃，从房屋倒塌的地方弥漫开来。如此多尘的夏天我还在纽约经历过一次。在那个炎热的晚上，我从曼哈顿下城的某个地铁里上来，扑面而来的气息让我感到眩晕，既难以理喻又似曾相识。和当年一样，空气中弥漫着腐朽的气味，纸片在随风飘舞，看不出秩序的人和物；一切都那么仓促，同时又透着慵懒。哦，就是那种热乎乎的尘屑以及随后时隐时现的静谧。我觉得，这里一定是刚刚发生了街战，一场刚结束、结局还不错的战斗，而我，则遇到了自己得心应手的事。要是他们让我也参与该有多好。如同当年从防空洞里钻出来一样，我从地铁一出来就一头扎进纽约城那闷热、为生存而拼命的混乱中。那个我常常不能相信曾经真的就是我本人的女孩在这里重新与自己童年的某个时刻相遇了。我去纽约是在弗朗茨离我而去，再也没有归来的那个秋夜之前不久的夏天。也许那时的我已经预感到余生将会在家里依靠回忆弗朗茨度过，所以自己要先来纽约城看看。

首先是教堂的门窗都被人用砖堵上了，然后父亲们也回来了。汉兹的父亲先回来了，他的脑袋里还留着一块炮弹的弹片。汉兹告诉我，因为他父亲需要休息，从现在起，我不能再找他玩了。

炮弹弹片属于战争中最神秘的遗留物之一。它们像小小的、有生命的敌人一样，藏在男人们的身体里，过着自己的生活，或者无声无息，或者让人疼痛，或者最糟糕的是，它们突然开始在身体里游走。而且——汉兹或者是其他人这么说过——当这样一块弹片游走时，多数是往心脏的位置游动。那时，游走的弹片是无人不谈的话题。在德国的大地上，很可能有千百万这样的男人正在四处行走，表面上看起来健康无恙，实际上却不能享受生活的乐趣，因为有一些肉眼看不见的战争遗留物在他们的身体或者脑袋里穿凿着。大多数的时候，汉兹父亲的情绪都很恶劣。

我父亲也回来了。其实，是我母亲声称那是我父亲的男人回来了。我们两个，他和我，都不相信她说的话。对此，我们俩大概有不同的理由。我不清楚他的理由，但是我自己完全无法相信他就是我父亲，因为他没有任何让我喜欢的地方。

以后，我不喜欢他的理由可能改变了，并且随着时光的流逝交叠积聚起来，虽然我能断言，究竟是哪个理由让我确信自己不是他的孩子，但是我还是一直很不喜欢他。我不记得是不是从一开始我就不喜欢他的嗓音，不喜欢那个听起来总是烦躁无趣的声音，甚至是当他少见地称赞饭菜好吃的时候。他的声音使他说的每句话都听起来那么让人扫兴。如果他说“汤很好喝”，其实他的意思是“哼，汤终于好喝了这么一次”。他看人看事的眼神也不例外。似乎他的眼睛总是时刻提防着任何意外，做着最坏的打算。也许他宁愿相信自己视觉上的错觉，也不愿意相信让他烦心的事根本就不会出现。甚至当他不得不相信自己看到的都是些令人愉悦的事物时，他的眼神还是早就闪烁出那种特有的自以为是：生活会在短时间内证明他是正确的，眼下这点儿快乐也不会长久。他如此行事可不是因为他脑袋里或者身上其他地方藏有炮弹弹片。大多数的时候他就坐在餐桌旁翻看报纸。在喝咖啡或者喝汤的时候，他吸溜的响声很大，似乎他想以此向我和妈妈证明，他是多么有权利如此哧溜哧溜地大声吃喝。我不记得妈妈曾经劝告过他：别吃得动静这么大吧。相反，倒是他阻止我们吃饭的时候交谈，结果餐桌上就只能听着他大声地吸溜。直到今天我还是不相信，我父亲曾经是这样的一个人。我倒宁愿有个诈婚的人、要花招的骗子、走街串巷磨剪刀的师傅、邀舞的男人或者游乐场的拳击手来当我的父亲，而不是他这么个人。

也许这些都不是我不喜欢他的理由。假使那个没有教养的家伙对我是否喜欢他稍微在意一点点的话，我无论如何还是能够喜欢上他的。然而，他却一点儿都不在乎。至少五十或者六十年——如果不是七十或者八十年——以来，我倒是为此一直很感激他。假如我幻想他是个大家公认的好父亲，就像我大学时代头几年的同学亨利希·施密特的父亲那样，结果会怎么样呢？二十岁的亨利希因为报纸上的一条新闻就把自己抛到柏林至莱比锡一线的快车车轮下。假如我幻想：通过与父亲一起骑自行车郊游、在交谈中相互理解，他不仅可以赢得我对他父亲身份的认同，并且还会在一定程度上得到我这个做女儿的喜爱，而这些也同样会毫无疑问地重新挑战我去努力获得他的青睐，即这辈子要做同样的事来回报他——假如我这样异想天开的话，那这个父亲在我一生中也许就真的变成了我的灾星。所以，还是让我对他失望着吧。自从听说亨利希·施密特在舍内费勒特车站附近把脖子搁在了铁轨上，让一辆随后驶来的火车把他碾得身首异处之后，我反倒感激我父亲没有让我有机会爱上他。因为我坚信，亨利希·施密特之所以非得卧轨自杀，就是因为他太爱自己的父亲了。

亨利希·施密特的父亲是"国际自由解放运动"下属的德国分部的重要成员，主管警务或者军队的秘密警察事务，而且，他主管的那个部门配有武器。尽管如此，对他的儿子来说，他当初一定是个充满爱心的父亲，要不就是他利用植入的精子，让儿子发育出特殊的品德去热爱像他这样的父亲。我几乎不记得亨利希·施密特了，印象中他是个健壮、冷漠的年轻人。如果不是他的自杀风波，我很可能对他永远没有兴趣。在他的尸体旁，人们找到了一块剪报，上面写道：据自由解放组织最内部的核心机构泄露出来的消息说，库尔特·施密特将军因为要求派遣军队进入大学去砸碎那些在政治课上不肯学习的学生的脑壳，而受到内阁中一位同志的批评。但是，施密特将军激动地否认说过类似的话，他不过是建议得打断这些学生的骨头。

这则报道虽然是以德语撰写，却来自一家外国报纸。没有人知道它是怎么落到亨利希·施密特手里的。

即使谁也没有料到亨利希·施密特会对此采取如此极端的行动，我倒是能够理解，为什么当他知道了这件事，验证了真相之后不能再活下去的做法。我甚至理解了，为什么他采用了卧轨这种残忍的自杀方式，而不是吞药或者是用他父亲的佩枪把子弹射进自己的太阳穴或者是嘴里。我明白他一定是想让全世界和他父亲看到那种类似被砍头、被处决的残酷景象。

正是出于对父亲的爱，正是因为他想向父亲看齐，所以亨利希·施密特必须以消灭自我的方式来和自己的感情保持一致，这是他父亲一直要求他做到的，也一定是他自己遵从父亲的要求想要做到的。

即便我相信我母亲声称是我父亲的那个男人真的是我的亲生父亲，我也不会为他说的任何一句话，或者他干的哪怕是最卑鄙的一件事去自杀。我并非想说我没有做女儿的痛苦，但是自从发生了亨利希·施密特自杀事件以来，我坚信，虽然出于迫不得已，我们把自己的母亲推崇为成长模范的举动会令人惭愧，贻笑大方，但是以父亲为榜样对儿子来说，却面临着不可比拟的更大危险。

即使男人当了父亲，有朝一日他还会表现出孩提时代所经历过的恐惧。这种想法强迫每个男人要么让自己内心的那个孩子沉默无语，要么干脆放弃当父亲的权利——因为即使他变成一个温和又有耐心的父亲，他仍会暴露出软弱这样的缺点，他的儿子一定会而且也肯定会想成为一个和他完全相反的人。

唉，真不该让父亲们归来。当年，在我和汉兹拿着被毒死的老鼠过家家，玩“爸爸、妈妈、孩子”的游戏时，他们应该让我们——我、汉兹和其他所有的孩子——和自己的母亲独自生活。父亲们应该找个远离他们儿子的地方住下来，在那里医治他们饱受战争摧残的身心，就像我以前曾经读过的亚历山大大帝军中那些被波斯人砍掉了耳鼻手脚、遍体鳞伤的战士一样。当亚历山大大帝把他们从波斯人的奴役下解救出来后，他们却拒绝回到希腊，回到他们自己的女人身边。据说，他们中那个遭此不幸、来自库梅的战士欧克忒蒙恳求大家说：让我们这些早就不属于世俗生活的人找个地方，去那里让我们半残的身体安息吧。大多数战士听从了他的话，留在了异乡。

直到今天，我仍然愿意这样想象：假如父亲们当年有点儿远见，懂得他们唯一还能为自己的孩子所做之事就是不再回来，我们的生活会是怎样的不同呢？生活中没有父亲的最大困难，就是他们带走了生活必需的知识，为此，我们至少得依赖那些老人——我们的祖辈——向他们学习各种手艺，比如，泥瓦手艺、木匠手艺、铺设管道什么的；大学生还得依靠老工程师们来培养；或者我们搬到邻国去，学到最基本的知识再回来。然而，生活的艺术我们是会从我们瘦骨嶙峋、为了生存拼命储藏食物的母亲，而不是从那些打了败仗、脑袋里留有弹片的士兵那里学到的。那样，我就还可以继续去汉兹家找他玩，我和妈妈也可以在吃饭的时候聊聊天，而不必容忍我父亲吃饭时那种暴君式的吸溜声响；亨利希·施密特也就能逃脱掉那位身为他父亲的将军大人给他的致命判决。

然而，最主要的是我们就不会看到那些发生在我们母亲身上的令人不可思议的变化。在我发现一切都变得迥然不同之前，我首先注意到我母亲笑起来不一样了，和以前不一样，和我的笑也不一样了。以前她是那种发自内心的大笑，有时候笑起来甚至停不下来似的。突然有一天，她的笑声听起来很像让人生厌的花腔女高音的歌声，并且她的嘴巴也不能像小丑或者孩子那样无拘无束地咧开了，而是有节制地压缩成一个椭圆形，让嘴唇半遮住牙齿。女人的这种笑法我这一辈子都很不屑。当时，我最不明白的就是，为什么我母亲常常说自己笨手笨脚，连最简单的工作都做不好，而我很清楚，她说的与事实完全不符。甚至连我都学过用锡箔纸或者铁丝来修保险丝，而我母亲却声称根本不知道怎么换保险丝。每当突然停电屋里黑下来时，她就一惊一乍，摆出一副吓得要死的样子，而实际上几年来我们都受灯火管制，或者是在停电中过日子。有次我听见她对一个女友说，我们得帮助男人重新找回自信。我记得，当时我对汉兹·帕茨克第一次这样说：我妈很傻啊。汉兹答道：我妈还不是一样！

如果那时我们的母亲得以保持住自己的笑声，承认自己会修理保险丝，她们会变成什么样的人呢？可是，她们那些对幸福的梦想来自和平时期，她们的笑声受到歌星和电影明星玛丽卡·罗克或者查拉·雷阿德的感染。一个女人，一个真正的女人，她们这样唱着，可能也是这么认为的。她们错过了这个该受诅咒的世纪里的一次机遇：她们其实能够借助这次机会，扯断纽带，把儿子与父亲分开。就这么一次机会，看看如果男人不在家，没人模仿他们的士兵形象和严格的命令结果会怎样；看看如果儿女都由母亲抚养成人，母亲们不会因为要维护丈夫的自尊，而把自己的理智、生命力和她们的笑声拱手相送的话，结果又会怎么样。

女性生活似乎素来就被贴上了“滑稽可笑”的标签。让我难以想象的是，如果争夺伴侣和繁衍子孙后代所进行的争斗使得这些可笑之处变得举足轻重时，我们居然如此心甘情愿地迁就它们。但是，当我们的母亲重新收容了那些幸存的士兵时，她们同时也就接受了战后更加困难的竞争条件——据说，当时两个半女人在争夺一个男人。而这时长丝袜像食品一样奇缺，要展现美腿就得费尽心机、不择手段，如同征服男人就得依靠诱人的烹调手艺一样。也许，我母亲之所以从来没有禁止过我父亲吃饭时吸溜出声，是因为住在一楼的军人寡妇布克哈特公开表示了对我父亲的好感。有一次，她甚至还送给他一块自己亲手烤制的碎糖奶油点心呢。

如果没有战争，男人也就与女人一样是个普通人。这么说并不是因为战争使男人的特性得以发扬光大，比如，视死如归和骑士的忠诚精神。这么说是因为战争消灭男人，使得他们变得极其宝贵。于是，他们原本令人发指的行径收获了女人最炽烈的爱；于是，他们不得不把嗜血好战当成自己身上的最佳品德。否则，汉兹的父亲、我的父亲以及后来当上将军的施密特绝对想不到，他们这些疲惫不堪、刚从第二次世界大战这场史上最残酷的战争中归来的军人，浑身血迹斑斑，沾满自己或者他人的血，却偏偏被委以教育下一代的重任。我清楚地记得，几年以后，在我听到母亲说要帮助男人找回自信之后，我父亲当上了警察。这之后没过几天，我母亲又对她的同一个女友耳语道：他还是穿上制服最精神。我却觉得，他穿上制服后更不像那个有可能是我父亲的男人了。

我并没有任何站得住脚的理由怀疑我不是母亲亲生的。不管我父亲是谁，我承袭下来的东西如果不是来自他，就必定是我母亲遗传给我的。这种想法让我很不舒服，有时甚至感到难堪。尽管不是特别情愿，我当然还是爱过我母亲的。

真正愿意承认自己是父母孩子的人，我认识的并不多；而希望自己和父母一样的人我认识的就更少了。与之相反的是，几乎所有我认识的人都为自己所面临的先天威胁——与自己的父母越变越像——感到惊愕不已。所以他们的生命就像是障碍滑雪，虽以回转的方式环绕着遗传特征左右摇摆，但终究还是通过这种方式到达命运早就设定的终点。如果我母亲不是那么放荡不羁的话——她显然从来没有觉得喜欢肆无忌惮地暴露自己那丰满的肉体是寡廉鲜耻的表现，如果她能意识到，那些她自认为是自然而然的行为实际上是毫无羞耻的表现，或许我就可能拥有青春之爱。也许我还是没能拥有，但也许似曾有过。

我厌恶女人的肉体，也讨厌我自己的。值得庆幸的是，我没有遗传我母亲那由乱七八糟的血管点缀出的蓝色大理石花纹般的苍白皮肤，以及她那红中带黄的发色，没有遗传她那淫荡的、彩色粉笔画一样多彩的女性特征，和两条圆润大腿之间的那簇淡红色的阴毛。但是，终于有一天，我不得不忍受我那还没有发育的瘦弱身体听命于我母亲发出的遗传信息：我的身体变得具有女性特征了。如果这种女性化意味着我会与我母亲不同，我大概不会觉得太受困扰或者根本不会为此反感。我认为，我母亲身上散发出的那种女人味非常令人不安。

我讨厌自己的裸体和它明显的发育趋势。于是，我穿上男人那种又长又宽的毛衣来罩住它。我拒绝给它提供食物以阻止它形成轮廓鲜明、线条丰满的女性特征。我强迫它在走路时除了动动腿，哪里也别动，可别哪天不小心每走一步就扭一下屁股，就像我母亲那样。如果我躺在一个男人身边，我勒令自己的身体什么也别做，因为我相信，只有我母亲那样的女人才会有所动作。而且，如果我有什么举动了，男人会以为我是为了迎合他才这样做的。即便我是真心想讨他喜欢，我也一动不动。

我十七岁时，躺到我身边的第一个男人比我大一岁。有一天放学后，我和他一起回家。太阳照着，他的房间又小又窄。房间右边是一张靠墙的木床，正对着一个门上有镜子的老式衣柜。他声称，十四岁时在波罗的海海边的帐篷里受过一位女老师的引诱。从那以后，他至少和十五个或者二十个女人发生了关系，但是还从来没有遇到过一个处女。我很疼，在镜子里看到自己在衬裙的花边之间举起的双腿。最后我好像是摔倒在柜子和床之间的空隙里，我们俩都为此笑了起来。但是这些我记不太准了。他的名字不是克劳斯就是彼得，要不就是克劳斯 - 彼得或者诸如此类的名字。

另一个较早的日子我记得比较清楚。那是一天放学后我们一起等地铁。车站里几乎没有什么人，只是在车站的另一头有个男人先用桶往地上泼水，然后清扫站台。克劳斯－彼得穿着一件墨绿色、带拉锁的横织外套，我们把它叫作“四边装”。这件墨绿色夹克的袖子是我见过的四边装里最宽的那种。他的手臂在那超宽的袖子里拥住我，和我接吻。他夹克里冒出的那股暖融融的汗味，与列车驶进站台时所夹带的散发着腐味的轻风混杂在了一起。

这是我还能记得住的在认识弗朗茨之前唯一的吻，我的初吻；往后就是最后那一个吻——和弗朗茨无休无止的吻。

暑假期间，克劳斯－彼得带给我一只他在罗马尼亚买的或者是逮到的乌龟，说那是给我的礼物。而我却认为，那是因为他母亲不让他在家养乌龟的缘故。冬天，我怕乌龟死了，把它弄醒却没有喂食。结果，它死在了我家。这是发生在我在克劳斯－彼得家的楼道里过夜之后很久以后的事了。直到今天我仍然不知道，当我在他家门前的楼梯上哭诉着睡着以后，他是不是还是回来了，然后蹑手蹑脚地绕过我进屋睡觉去了。第二天早上，有个年纪大些的男人见我挡了他上班的路，就把我叫醒，让我回家去。难道你就没有一点儿自尊吗？他问我。我母亲也说：其实你根本没有必要这样做。因为她从来不觉得自己有必要这样做，或者她曾经这样做过，所以至少希望我不必这样做，特别是她声称我有着一双比她更美的腿。然而，我总是觉得我必须这样做。

你真的在楼梯上坐了整整一夜吗？弗朗茨问我。

对，我答道。然后，弗朗茨盯着我看，似乎他也会问：你怎么连一点儿自尊都没有呢？或者他会问：你是不是还会做出这种荒唐事？也许他担心，有一天我也会坐在他家门前的楼梯口上，而门后面，他和他太太正在享用肉汤汤饺，并没有想起我。这正是他午夜一点回去，然后消失在门后的地方。来自德国南部乌尔姆的弗朗茨把这称为“我回家去”，而不是如柏林人所说“我回到房子里去”。弗朗茨回家去，回他那并不称心如意的家。当时，四十或者五十年前，我花了很多时间去探究弗朗茨和他太太在那扇门后面做了些什么。我自认为对那扇门的结构特性还是相当了解的。如果我知道弗朗茨和他太太要去剧院，或者他们应约赴宴的话，晚上六点半或者七点钟时，估摸着是他们换衣服的时候了，我就坐进一把沙发椅，看着他们夫妻俩为成双出行做准备。我看到，弗朗茨从柜子里拿出来一件干净的衬衣，系好领带，把鞋擦亮；看到他太太扣好一件黑白条相间的真丝衬衫，然后在上面喷了香水，那香水的牌子和弗朗茨送给我的一模一样。弗朗茨来看我的时候，我从来也没有用过他送给我的香水，因为我怀疑弗朗茨的用意是，送给我他太太喜欢用的那种香水，从而避免身上带有陌生女人的香水味；或者他是为了晚上把自己的手放进她两腿之间时感觉不是单独和她一个人在一起。总之，我一直无法打消这种猜疑。我看到弗朗茨帮她穿上大衣，她却找不到公寓的钥匙了，而钥匙在厨房的桌子上放着呢。弗朗茨手里拿着汽车钥匙，对她说：我们得快点儿了。他只是稍稍有一点点着急而已。然后，门锁终于“嗒”的一声撞上了，我一个人被留在了里面。有时候，我也悄悄地跟着他们一直走到车库，在那里观察他们启程时那完美的舞蹈动作：我看到她是怎样在房子大门前几乎不让人觉察地放慢了脚步，好让他从容地为她开门，她走出去后，他用指尖在背后撑着门跟着她。那是种轻松的、练习过千百次的、动作上的同步和谐，同时，还有那不断重复的关门声响——车库门声和汽车门声。

*

其实，直到今天我都不明白，为什么弗朗茨生活中的一切都可以维持原状，而我的生活却像没有抹过灰泥的黏土屋，被暴风雨冲走。且不说我实际上没有这么做过，就算是我真的尝试过，用防水帆布或者赤手空拳在黏土屋这里遮一下那里堵一下，也无济于事。这肯定也和时代的变迁有关。结果就是，唯有我的生活受到了冲击，而来自乌尔姆的弗朗茨，他的生活却没有受到任何影响。话说回来，即使弗朗茨没有出现，我以前的生活也会所剩无几。在那几十年里，我为自己制定了一些人生准则，并以我自己为中心建立了某种体系。这些只有看作我对那个荒谬政权的条件反射才有寓意。也就是说，负负为正。然而，在那个不寻常的时代结束后，我的这些准则和体系不仅变得多余，而且也被证明碍手碍脚，让人不堪其扰。

就先说说乌龟吧，为什么我们有过这么多乌龟呢？我觉得，事情是这么开始的：我们的一个邻居或者是亲戚生了个孩子，我的女儿要求我也给她生个弟弟或者妹妹，而我对此却无动于衷。我曾经希望有个孩子，于是，我生下了她，也很爱她。虽然我知道一个孩子并不能保证一个物种的繁殖，也知道我对传宗接代的厌恶要么是违反自然规律的，要么是退化的表现。但是，只要一想象我的身体要孕育更多的孩子，我就反感无比。所以，当有一天我女儿生气地要求我再怀一胎时，我的上唇立刻长出了一个壮观的燎泡。

不知道从什么时候起，我女儿放弃了这个要求。她对我说，如果允许她养一只大刚毛狗的话，她就可以不要小宝宝了。我觉得，这孩子并不知道大刚毛狗长什么样子，她不过是喜欢狗名的发音罢了。虽然我不必亲自去生下一只大刚毛狗，但是得喂养、遛狗、梳毛、带狗去看兽医。我不想再要婴儿，也不想养什么大刚毛狗。当我女儿明白她也会输掉是养还是不养大刚毛狗的这场战斗时，她连问都没再问，有一天就径自把两只猫带回家来了。她的说法是：如果不是围观者中有人富有同情心的话，这两只猫就在众目睽睽之下，在城郊火车站“逊好泽大道”前面淹死了。

一年之内，七只或者八只猫在我家那狭小的公寓里奔来跑去。据称，要不是我女儿“每次正好站在”城郊火车站“逊好泽大道”前并拯救了它们的话，这几只猫早就在那只“橘红色的塑料桶里”极其悲惨地淹死了。那时，我倒是乐得相信我女儿这样做是出于报复心理，而不是出于对动物的爱心。我这么说的原因是，当我害怕她会有更多的“救援行动”，而向她提议还是用这八只猫换回一只大刚毛狗时，她说：拿小宝宝来换还差不多！然后，看都不看我一眼就走出了房间。

有时候，这孩子把自己和那些猫关在她的房间里，我隐约可以听到里面在窃窃私语。不一会儿，门又重新打开，八只猫鱼贯而出，静静地离开了房间。我一直没有搞清楚，这孩子把自己和猫儿们锁在房间里都干了些什么。但是，猫儿们喜欢她，只要她召唤一声，它们就会跟着去她的房间。所以，尽管这种奇特的聚会让我感到有点儿毛骨悚然，可我也没有什么理由进行干预。特别是随着时间的推移，越来越常见的是，猫儿们好像是听到一声令下似的从房间里冲出来，在公寓里四处狂奔，窜过桌子、床和书架，却连一只玻璃杯或者花瓶也没有碰坏过。这样的突袭大概会持续五分钟或者十分钟，然后，好像是又收到了一个暗号，猫儿们便单独或者两只一起回到各自的角落，舔舔自己的皮毛，安然睡去。我女儿在这样的夜晚则显得特别平和，怡然自得。但是也可能并非如此，只是我凭空想象而已。我觉得非常过意不去，因为是我没有给她生个小宝宝，她当然是把她受到的不公平待遇完全归罪于我。而我很清楚，我丈夫和我一样，对再生一个孩子的念头感到惊恐。但终究能怀胎十月的是我，不是他。所以，过错还是完全在我。因此，我必须忍受猫儿们的聚众闹事，忍受我女儿脸上那种只有她自己和猫儿们才相互意会的微笑。

我们这样过了好几年之后，有一天我丈夫把一份医生证明放在了厨房的桌子上。原来，他患上慢性鼻黏膜炎已经有段时间了，现在这份诊断书证实了他对动物皮毛过敏。我丈夫说，医生认为，如果病人继续和有皮毛的动物保持接触，这种过敏很快会发展成哮喘，以后甚至有可能致死。我女儿怀里左右各搂着一只猫，抱膝坐在椅子上，既不看她父亲，也不看我。我丈夫说，他别无出路，以后只能找所公寓单独住算了。一听这话，孩子马上就哭了起来。我曾常常自问，我这个孩子眼里的罪魁祸首，如果是我让她抉择的话，会是什么结果呢？几个星期之内，我们把所有猫都送给了亲朋好友，取而代之的是八只乌龟，这是女儿在所有无毛的动物中最终筛选出来的。

我们都不喜欢乌龟。它们笨手笨脚、一言不发地从房间的一个角落爬到另一个角落。如果龟壳卡在了墙壁和沙发腿之间，它们会以为是被哪个看不见的敌人给扣押住了，就会对着空气发出毫无意义的怪声。我女儿按时给它们喂新鲜的青菜叶子，呆呆地看着它们徒劳地企图爬过她设置的障碍物。但是，她从不抚摸那些冷冰冰、硬邦邦、和猫儿们毫无相似之处的动物。只有当我丈夫或者我小心地质疑乌龟们作为家庭成员的必要性时，她才拿起其中的一只乌龟，放到膝盖上，用指尖轻轻地抚摸下龟背。对我来说，公寓里八只活生生的乌龟意味着对神明日复一日的亵渎和挑战。当我每天早晨仰视并问候我那神奇的、在世界历史发展中被消灭了的布氏腕龙时，它那幸存下来的八只可笑的亲戚却在我家的地毯上拖曳着粪便爬来爬去。我不明白，为什么我们谁也不敢结束乌龟们的专制统治，把它们装进口袋里，送到最近的宠物店或者公园里，哪怕就是丢到垃圾桶里我也没意见。我更不明白的是，为什么女儿离开家去了澳大利亚或者是加拿大之后，我们还留着那些乌龟。也许我们已经非常习惯去厌恶它们，所以我们无法想象，如果缺少了这种厌恶感还怎么生活。如果某个早晨，我们不咒骂一下乌龟或者被它们绊一下的话，我们会感到相当无聊和空虚。在我遇到弗朗茨之前，肯定是这种情形。而在那之后不久，它们就全部失踪了。天知道它们去了哪里，可能是我忘记喂它们，把它们饿死了；或者是我丈夫悄悄地从我的生活中消失的时候，把它们一起带走了。但是，即使没有弗朗茨，我们肯定也不会再留着这些乌龟了，因为我终于打算前往麻省南哈德里的普里尼·穆迪花园去参观那些大名鼎鼎的远古鸟类足迹，而我丈夫则想到庞贝去。

*

事情的真相是我从来没有去过南哈德里。我动身了，却没有到达那里。那年秋天，弗朗茨有天晚上离开我家就再也没有返回。而在这之前的夏天，我买了去纽约的机票，打算从那里转机飞到麻省的霍利约克，然后搭乘公交车或者可能的话乘火车到达南哈德里。旅途中，可能是在纽约，也可能是还飞行在那个跨越大西洋的时差空间里，百无聊赖的我意识到自己早就对普里尼·穆迪花园里的远古鸟类足迹不再感兴趣了。而在那个不寻常时代的最后几年里，我对普里尼·穆迪花园的憧憬却超过了对世界上任何其他地方的向往。这可能是因为普里尼·穆迪这个名字的缘故，也可能是因为那个地方是个花园，即普里尼·穆迪花园，是我一年四季都可以漫步闲行的地方。冬天，我偶尔需要把远古鸟类的足迹从积雪中铲露出来；夏天则偶尔需要把它们从厚厚的覆盖着的常青藤下清理出来。普里尼·穆迪花园这块地方好似尚未开垦的天堂，出奇地静谧，阳光明媚又有树荫遮掩，轻柔的风在给酷暑降温。有一次我惊奇地听到自己用《那门前的古井边》这首歌的调子唱起了普里尼·穆迪花园："普里尼·穆迪花园里，长着棵菩提树。"在那个特殊的时代，我们大家都梦想着遥远的国度和风景，就像犯人梦到他们最喜欢的饭菜一样。那时，对那个总是萦绕心头的问题——"如果梦想成真，我会去哪里"，我是这样回答的：去普里尼·穆迪花园。而且我坚信，我会登上第一班我可以赶得上的飞机飞往麻省的南哈德里。

然而，我却没有这样做。我再也没有必要仓促成行了。那个我叫作普里尼·穆迪花园的地方突然不再属于我。它变成了每个人都可以到达的目的地，成为来自世界各地的旅行团都可能停留的一站。一群一群半裸的游客坐在旅行社开着空调的大巴里，享用着车上无水清洁功能的洗手间，来到南哈德里待上半个小时。

他们喝着可乐，吃着香肠，拍张早就被栏杆围起来的远古鸟类足迹的照片，然后钻回旅行车，去看下一个瀑布或者某个孤寂荒凉的印第安人村落。我担忧普里尼·穆迪花园不再是我魂牵梦绕的地方，最糟糕的情况是，它甚至会让我大失所望。尽管如此，我仍常常说起要尽快到南哈德里去，但同时又乐得迎合任何拖延的借口：有时是我没有钱，有时是我没有时间，或者是我身体欠佳。然后，我就遇到了弗朗茨。

我问弗朗茨，他心中是否也有个向往的地方。

我不知道，弗朗茨说，也许，算有个吧。他告诉我，他梦想着到蚂蚁穴窝的内部去探究一番。

对弗朗茨这样的膜翅目昆虫学家来说，他的愿望显而易见。不过，这也证明，人的欲望一旦可以不受羁绊地穷尽所有“可能”，便会延伸到“不可能”的领域。但是，我相信自己当时并没有意识到这一点。在弗朗茨离开我之后，我才明白了这个道理。

与我正相反，弗朗茨研究的物种有不计其数的活标本可供使用。他一生中可以顺利地去考察任何他听说过的有意思的蚁群。利用配备的特殊显微镜和照相机，他便能够观察到成百上千的蚂蚁部落和其世代家族的形成与灭亡，仿佛他是主宰蚂蚁命运的上帝。他让洪水和地震袭击它们，让冰河期和炎热这样的灾难骚扰它们，用考验它们不可磨灭的生命意志来愉悦自己。他强迫它们接受外来的女王并以此煽动暴乱。他还将整个蚁族的后代连锅端掉，去验证它们是否还能生存下来。然而，所有这些对他来说仍然意犹未尽。他还是向往他做不到的事，那就是要变得像蚂蚁一样渺小，用它们的复眼在黑漆漆的地道里踯躅前行；仰视自己——那已无法辨认的恐怖制造者。他愿意像蚂蚁那样生活一天或者两天。虽然他对蚂蚁无所不晓，然而，他却无法探究出它们的终极秘密，即蚂蚁们所作所为所依据的法规的力量。

*

埃米尔去世的那年是自由之年。这种说法肯定是后来通过报纸和公共演讲流行起来的。那些在私人交谈中也乐于慷慨激昂的人，时而也会用到“自由之年”这个词。如果有什么东西像吹来的风那样，区分开轻与重、松散与坚固、倏忽缥渺与根深蒂固，如果这个就是自由的话，那这一年就是这样的自由之年。当时，似乎一切都在变化中：新钱币、新证件、新政府部门、新法律、新警察制服、新邮票，还有新房主。他们其实是旧房主，只不过在这四十或者三十年期间，他们的产权被吊销了；街道和城市的名字也被更新了；纪念碑被拆除了；新的军事联盟也在缔结中。

对我来说，这些还远远不够。我期盼的是某种能包容所有邮票、街名、制服等的巨变，是在另一维空间里的延续运动，也许是气候的剧烈变化，潮水泛滥或者其他什么灾难。总之，是某种比每个人和他变幻莫测的追求要大得多的东西。当然，我希望的什么也没发生。当我每天早晨来到街上乘车去博物馆时，大家仍然具有同样的肤色，说着同样的语言，天气也像人们在这个季节所期待的那样没有发生意外。有轨电车虽然换了号码，但行走的还是同样的线路。不过，这点至少在之后起了变化：为了装设最先进的电线和下水系统，全城的路面都被挖开了，整个城区却因为有人忘记预留一条对外的通道，而被迫与外界隔离开了好几天。

我记得当时几乎没有什么人赞同我这种颇具颠覆性的热望。大多数人都是不无担忧地紧紧抓住自己熟悉的东西，抓住那些不随大流变化、不会一夜之间就完全解体或者换了名字的东西。那些我原来相信除了日常生活所必需的交谈，就几乎无话可说的夫妻，在参观城市的崭新面貌时突然拉起手来。他们看对方的目光不再是一年前常有的麻木和讥讽，而是流露出对彼此相知相守的感激。已经递交的离婚申请被大量地撤回。每个人都盲目地在自己身旁抓来抓去，抓住那些他一直认为是属于自己的东西，这包括那些早就丢弃了的东西。毕竟没人说得准，在新的生活环境里这些东西还会不会能物尽其用。

我在中学时就认识了卡琳和克劳斯。他们是一对恋人，拥有我从没有享有过的那种青春之爱。如果当时有人问我，什么是“青春之爱”，我就会说：卡琳和克劳斯那样的爱情。青春之爱并不是可以简单地归结为某个人在青年时代获得的爱情。它是那样地无与伦比，因为刚刚陷入情网的年轻人还没有任何可以与自己的爱情相媲美的经历。青春之爱完全是不请自到的。它还不必克制失望情绪，不必超越先前的幸福，不必否认、改正、代替什么。早在卡琳和克劳斯课间休息时依偎着靠在校园的篱笆墙上之前，我们其他人就已经知道他们两个是天生一对。有时，是他们两人独处一隅，但经常也有崇拜他们的同学簇拥在他俩身边。在我们眼里，他们俩身上已经发生了那令人费解、所有人都将面临的变化，已经像美丽的蝴蝶一样飞舞在校园上空的尘雾里，而我们却还在茧蛹中惶恐地等待着自己的蜕变。看到卡琳和克劳斯会让人情不自禁地想象他们三十岁或者四十岁时会是什么样子，他们会给自己的孩子取什么名字，他们会怎样布置自己的房间。

他们给孩子取名叫科内利乌斯（Cornelius）和凯特琳娜（Catherine）。我相信，对大多数人来说，字母“C”预示着某种排他性。发“K”这个音却用“C”作为书写字母不但使名字变得高雅起来，而且还能让这样的名字有点儿隐隐的世故圆滑。

总之，卡琳和克劳斯把他们的孩子唤作科内利乌斯和凯特琳娜，对我来说，这听起来无异于那句饱含渴望、屡见不鲜的话：我们的孩子总有一天会过得更好。为了这句话，父母从山上搬到山谷，从乡下搬到城里，从世界各地移民到美国。

我估计，卡琳和克劳斯早已去世，他们的孩子可能也步其后尘了。这对我来说无关紧要，毕竟他们是死是活对我的生活没有任何影响。即使他们还活着，我也不会碰到他们；假使我碰到他们，光凭我这双昏花老眼也不会认出他们。然而，眼力再好的人在他们身上也不可能再找到曾经让我们学校四个年级的同学都对他们刮目相看的东西。那时的卡琳和克劳斯就是亚当和夏娃、罗密欧和朱丽叶、费迪南和路易丝、费莱蒙和鲍西丝——一对生死不渝的恋人。

我对他俩的欣赏很可能带有猜疑，甚至带有嫉妒的成分。否则，当卡琳从精心准备好的野餐篮里拿出装有蛋黄酱沙拉的一次性玻璃瓶，并把它放到她在草地上事先铺好的厨用毛巾上时，我也就不会产生一种傲然的欣慰感。那是我们学校最后一次组织郊游。大家从特雷普托乘汽船到科尼希斯－武斯特豪森附近。那次游船究竟是怎么回事我已经忘记了，留在记忆里的就是一个两头像威尼斯游船那样翘起、用一个方格巾盖住并在两边把手处打了结的篮子。我自认为看出，克劳斯虽没说什么，但却很不情愿地把这个篮子从汽船的码头一直拎到浴场的草地。卡琳和克劳斯没和其他人坐在一起，但也没离得太远，所以我能观察到卡琳是怎样极其细心地把各种食物放到毛巾上，俨然和在家里把午餐摆上桌一样：刀叉、杯子、柠檬茶、煮好的鸡蛋、一个小盐瓶、煎肉饼、一小瓶苹果泥和那一大瓶蛋黄酱沙拉。卡琳和克劳斯两人相对而坐，嚼着食物。也许那个场景只是看起来逼真罢了。卡琳和克劳斯不过是在逢场作戏，就像我们十年前玩“爸爸、妈妈、孩子”那个过家家的游戏一样。尽管如此，我对他们那天下午的表现非常失望。我看到了他们的未来，知道他们不是生死不渝的情人，只会是厮守过日子的夫妻。

他们俩后来都成了工程师，土木工程师或者机械工程师，要么是我记不清了，要么是我从来就没有弄清楚过这件事。后来，他们自己盖了房子——长长的平房。这是因为每当卡琳和克劳斯又有了一笔积蓄或者家里又添丁进口了，他们就把房子加大一块。卡特琳娜出生后，花园已经被缩小成介于房子后墙和铁丝栅栏之间的一块狭长草地了，而车库则占据了房子侧墙和邻家的女贞树篱笆之间的空间。

我周日例行到舍霍则林地公园散步时，有时会特意绕道穿过他们两人居住的那条街。很多时候克劳斯只是通过他制造的各种噪声——比如，榔头声或者圆盘锯的尖叫声——让人感到他的存在；而卡琳则穿着比基尼，脚上蹬着一双深蓝色的长筒橡胶靴，在花园里把各种杂草和落叶统统装进手推车里，或者把它们运到积肥的地方去。后来她不穿比基尼了，改穿了连身的泳装；最后那几年，又在上面套了一件克劳斯淘汰下来的衬衫。

我们简直是太一帆风顺了，有时候卡琳这样说，孩子，房子，克劳斯现在是一个部门的经理，她自己每天也只工作六个小时。虽然她非常、非常热爱自己的工作，但是毕竟她得管家呀。而晚上的时间他们是要留给二人世界的。为保险起见，她敲敲自己的脑袋，好让幸福和炫耀和睦相处。同时，她从不错过机会，向我展示一番那些被她养得肥肥壮壮、花开朵朵的仙人掌。她告诉我，侍弄花草的本事可是她母亲遗传给她的。

直到今天，卡琳接电话对着听筒通报自己姓名时那欢呼般的声音还在我耳边回响着，一天里三次、四次、五次那兴高采烈的

“吕德里茨”，仿佛这几个洋洋得意的音节在向世人坦诚她本人就是前面隐含的那句话的尾音。而这句话只可能是：这里是幸福快乐的——吕德里茨太太。

年复一年的婚姻生活以及周围邻居破裂的婚姻，磨平了卡琳声音中原有的抑扬顿挫。如果说结婚的头几年她发出的胜利信号表达了真正的幸福感，那么，随着时间的推移，一种撩人心魄的满足腔调融了进来。直到有一天，那声调发出的全部信息就是：这么多年来，卡琳的幸福似乎就在于已经没有必要去否认幸福本身的存在。在那个不寻常的时代行将就木之时，我给卡琳打电话，问她知道不知道我从哪里可以搞到一个新的浴缸。“吕德里茨”——这是怎样的声音啊，像块碎玻璃，一点儿也没有对未来的期望，完全没有表现力。就像近三十年来她一直在用“吕德里茨”这个名字在战场上呼叫幸福一样，现在同一个名字又在宣示着她的不幸：这里是既不幸福也不快乐的吕德里茨太太。我一点儿也不同情她。如果是她的哪个孩子出了事，或者是她自己病重，我会同情的。但是，卡琳告诉我，克劳斯爱上了别的女人。当然是个比较年轻的，即使不是年轻太多，可克劳斯居然出轨这件事似乎让卡琳觉得相当不公平。而且，克劳斯提出了离婚，然后要和新爱人出游，等等。我无动于衷地听着这些，不，岂止是无动于衷，我简直是冷酷无情。活该她感到痛苦、受到伤害，甚至她的不幸落入俗套也让我觉得很公平合理。同时，因为她不再是那个过分完美、刀枪不入的化身，我第一次把她看成了和我同病相怜的人。卡琳一下子瘦得脱了形，体形几乎像个孩子的身材。有时候，远距离观看，她让我想起了那个曾经在校园里热恋着的小女孩，只是她眼中的迷惘现在是由痛苦所致——那是种让她在毫无防备的情况下被突然击中的痛苦，是那种连她自己也说不清楚的痛苦。

卡琳说，相信我，如果他死了，我反倒会感觉好些。她接着说，她就是接受不了被人抛弃。除了克劳斯，她没有和其他男人好过啊。如果失恋的人是我，我肯定能更从容地处理这件事。我和克劳斯－彼得的情事她记得很清楚，后来她还想起了我和其他男人的遭遇。对于诸如此类的打击，我是训练有素的，而她，卡琳，生来就不是受罪的命。

后来，弗朗茨对我说，他不能离开他的妻子，因为她几乎没有经历过任何不幸的打击。我听了之后，立刻歇斯底里地发作起来。

我对卡琳说：那就走着瞧吧。接着，又诅咒了她一番。

那个不寻常的时代结束半年之后，那时我和弗朗茨也认识了好几个星期，我又见到了卡琳和克劳斯。他们手拉着手，站在选帝侯大街和科内泽拜克大街的拐角处，看着音响店威森哈温的橱窗。出于好奇，我想跟他们俩打个招呼，但是因为可以想见的尴尬，我犹豫了一下。这时，我听到卡琳说，“可那套雅马哈的音响看起来更好呀”，然后我们就擦肩而过。他们又像当年在校园里那样站到了一起。当然，克劳斯不会告诉卡琳，更不会告诉我他回到了卡琳身边的原因。其实，那只不过是因为他年轻的女友已经被新时代的浪潮冲向了遥远的彼岸。相反，他们可能会这样告诉对方，原有政府的倒台之所以对他们两个人像福星高照，是因为它的下台把他们又重新带回了曾经拥有过的二人世界——他们的家。那房子可是他们俩一砖一石亲手搭建的。如果不是法律明文禁止，他们还想肩并肩地一起被埋在自家的花园里呢。对此，我感同身受。毕竟我自己有时候也相信，拆除柏林墙就是为了让弗朗茨那天早晨在布氏腕龙的标本下遇到我啊。

我相信，卡琳和克劳斯终于修得了百年之好。正是这个全新的、追求安定感的“寻常”时代让他们可以善始善终。我没有再给他们打过电话，所以不知道卡琳用她的“吕德里茨”在继续传达什么样的信息。她的声音嘹亮，估计听起来像是在吹军号吧。

当时，每个人都把那个时代的突然变迁看成自己偷偷地在等待着的信号。至于结果是有人最终心灰意懒、走投无路，还是有人经历了惨痛的失败后涅槃再生，取决于每个人的性格和私下里对变革的热切程度，取决于自己的渴望是已荒芜枯竭、归于沉寂，还是在养精蓄锐，以顽强的生命力等待着自由解放的时刻。

我与弗朗茨不期而遇。

*

弗朗茨和我现在坐在食肉植物的花丛中。他拨弄着吉他的琴弦，那把他自己带来的，或者是我女儿以前搬走时遗忘在这里的吉他。

这都是好久以前的事了，弗朗茨说。

对，我说，对，这都是很久以前的事了。

当年我们相遇时，我们都还不算老，至少我没有觉得弗朗茨年纪大，他也不在乎我的年龄。但是，我们也的确都青春不再。这样的好处就是我们互相之间有很多共同话题。

当时战后做鞋子的那种东西叫什么来着？弗朗兹问道。

依格利特。

对、对，就是依格利特，弗朗茨说，依格利特。

于是，我也再重复一遍，依格利特，依格利特。对了，你吃过土豆干吗？

自然是吃过喽，弗朗茨说，但是我更喜欢吃那种红皮的土豆干，它比浅白皮的更甜些。

不对，弗朗茨不用“自然”这个词。因为我是柏林人，我用的字眼是“自然”。弗朗茨的口头语是“当然”，这要归结于他来自南部的乌尔姆。战后乌尔姆的占领军是美国人，因此，弗朗茨从他们手里拿到的是巧克力和口香糖。而我却什么都没得到，这是因为占领我这里的是苏联士兵，他们自己还什么都没有呢。

接着，我向弗朗茨提了一个问题，任何一个与我同龄的男人，只要他知道答案——他们大多数人肯定是知道答案的——听到这个问题都会禁不住夸张地开怀大笑。因为我问的是“儿童紧身背心”。这几个词只要一出口，马上就得引出一连串的细节描述：儿童紧身背心像件小背心，前面或者后面可以系上扣子并配有长长的吊袜带。当时，男孩和女孩都被逼穿过它。而穿上它的男孩则感受到了莫大的屈辱。我还清楚地记得汉兹穿着短裤和半长棉筒袜，袜子是那种深棕色有条纹的，侧面还有连接吊袜带用的白色包扣，而他大腿上介于短裤和袜子之间的肉则被吊袜带卡得凸了出来。后来，汉兹可以穿长裤了，而我却被迫穿上一件幼稚可笑同时又令人尴尬无比的绸缎女内衣，即所谓的吊袜束腰或者紧臀围腰，而我并不清楚它除了要钩住长筒袜，是不是还要兜住屁股或者是屁股要兜住它？每当我看着自己的大腿被粉红色的橡胶吊袜带暴露得像妓女的大腿似的，就禁不住常常想起汉兹那纯洁的小男孩大腿，想起那让我憎恶的儿童紧身背心。随着我的胸部缓慢地逐渐隆起，我已经穿不下它了。于是，我母亲送给我一件同样是粉红色的绸缎胸罩。虽然这个胸罩小得可怜，可我的乳房还是远不能填满它。即使是这样，我母亲还是坚持要我穿上。我想，我作为“女人”的生活就这样开始了。

弗朗茨承认，至少有一整个冬天他也得穿这种紧身背心。但是，由于他母亲特别崇拜男性的品德，而且，弗朗茨感到，她直到晚年都遗憾自己生为女人，所以，她对自己这个唯一的儿子除非是万不得已，并没有过分地强求他穿上这种羞辱人的紧身背心。

想必他母亲也给自己的两个女儿穿上了粉红的或者是白色的吊袜束腰和胸罩，就像给马戴上笼头一样。弗朗茨得以进入大学学习，他的两个姐姐安娜玛丽和爱丽卡则成了商校的学生，并在乌尔姆最有名的舞蹈学校修习舞蹈课程。在舞蹈学校里，年纪较轻的安娜玛丽认识了一个家境尚可、即将毕业的高中生。一年半之后他们两个订了婚，又过了四年便结了婚。而爱丽卡却还得被送到骑术学校去上课，半年之后仍没有找到归宿。于是，弗朗茨的母亲决定再筹款送女儿去网球俱乐部。但是，这笔开销后来被证实是多此一举，因为没过多久，在骑术学校里出现了一个合适的人选，一位土木工程师，比爱丽卡大十五岁。他打消了最初由于年龄的差距而产生的顾虑，在和爱丽卡进一步接触了三个月之后就向她求婚了。

是啊，那是五十年代的事了，弗朗茨说，但那时的婚姻经受住了考验，还在继续。

到底是从什么时候开始有了连袜裤的？我问道。

弗朗茨的双脚修长苍白，放在黑色的床单上。他盯着自己瘦削的双脚，弹起吉他唱道："挂在墙上的马笼头啊。"

连袜裤，不知道。海德伦那时还没穿上。"你问我为何伤心……"

弗朗茨唱得好听极了，我只敢轻轻地跟着唱，轻得几乎让人听不到。

我没问他海德伦是谁，但是觉得她可能就是弗朗茨的青春之爱，弗朗茨有次给我看过的照片上那个有着一头深色头发的女孩。如果不是她，就是另一个让他印象很深的姑娘，印象如此深刻，以至于他眼前浮现出她大腿上的吊袜带，就好像我看到了汉兹·帕茨克的大腿一样。

弗朗茨会唱很多歌，有些我也会，比如那首野天鹅的歌。那些野天鹅迁徙走了以后就再也没有出现过。或者那首有个姑娘呼唤她爱人的歌：“我最亲爱的，你死了吗？”这是因为她梦见的那个花园是一片墓地，花坛则是一座坟墓。我是在学校里学会这些歌的，对此，弗朗茨感到很惊讶，因为他无法想象，在我们生活的那个不寻常时代，一个更老的、不同的时代居然得以延续。

这么说来，弗朗茨所在的阿尔卑斯山登山协会在篝火旁所举办的各种活动，估计和我们在篝火旁的活动不相上下，只是大家唱的歌不同而已。我们唱的是《西班牙的满空星辰照耀着我们的战壕》和《喀秋莎》，而弗朗茨和他的阿尔卑斯山登山协会则把他们的多声部合唱献给了齐勒山谷和雪绒花：“齐勒山谷，你是我的快乐所在”“高山牧场上最美的花儿，就是那雪绒花”。

但是，我一直认为，我们大家都唱过《让我们现在划过这湖泊，划过这湖泊》《萝伦霞，我亲爱的萝伦霞》《塔崂的小安娜》以及《真正的友谊》这些歌。可弗朗茨并不这么想。

唯独那些教会歌曲，你一首都不会唱，弗朗茨说。

弗朗茨与众不同的地方，就是他不会让我想到其他任何人。这可能是因为我以前从来没有接触过可以和弗朗茨相媲美的男人。但即使如此，相对于那些我已经认识时间更长、更了解的其他男人来说，如果弗朗茨仍然让我感到非常亲密熟悉，那只能说明，在我邂逅弗朗茨之前，我肯定是在脑海里已经勾画出他的形象。我勾画出的不是那个来自乌尔姆的膜翅目昆虫学家弗朗茨，而是那个有一天会让他自己、也必须让他自己成为让世上全部的思念和渴慕有了终极意义的人。要不然那些苦苦追求的全部希望就会是大自然无耻的欺诈，就会是那因饥渴而即将死亡的时刻幻化出来的奇妙无比的海市蜃楼。

我坦白自己不会唱教会歌曲，然后提出用俄语演唱一首斯大林赞歌。弗朗茨笑了起来。他要么是不相信我会用俄语唱斯大林赞歌，要么是他感到很滑稽我竟然会唱这样的歌。我直起身子，跪在床上，把睡袍的带子勒得紧一点儿，声情并茂地用俄语唱了起来，就像我当年十一二岁时在学校学唱这首歌时那样：

啊，英明的斯大林，
我们敬爱的同胞，
人民歌颂你，
为你唱赞歌。

我想，唱这首歌给弗朗茨听是个错误，至少像我那样唱出来实非明智之举，给他留下了两方面的可怕印象：这人不仅是在信仰上堕落，而且背叛起来肆无忌惮。我唱的同时就已经感觉到，尽管弗朗茨表面上做出欣赏的样子，但是他脑子里产生了些念头，说是轻蔑可能有点儿夸张过分，说是诧异却有点儿过于轻描淡写了。

也许他期待着，我会对自己那被引入歧途的信仰表现出更多的羞辱感。即使我不引以为耻，我也不应该那样来嘲弄自己。弗朗茨或许会联想，如果一个人可以背弃他早年即使是错误的信仰，那么他也必定会背弃其他的一切。这样的人——我母亲也会这么说的——心中没有任何圣洁之处。弗朗茨虽然也不信奉他歌中的上帝，但是他不嘲弄上帝；不嘲弄他，也不嘲弄自己。他真的很幸运，学会了那些真正的歌。可能今天，三十或者四十年之后，没有一个孩子甚至是俄国孩子还会唱斯大林赞歌。但是教会歌曲他们还在反复地学唱。弗朗茨有次轻声地唱了首歌，仿佛是隐身了似的，在夜晚的黑暗中我只能听到他的声音："请这样牵着我的双手，永远指引着我，直到我幸福地死去。"我觉得，这首歌他完全是为我而唱的。

在我为弗朗茨唱了那首斯大林赞歌的当天晚上，我很快就又忘记了自认为在他那双青灰色的小眼睛里感觉到的某种隐隐的疑虑。只是在弗朗茨消失之后，为了找出他背叛我的最早迹象，我追忆着他的每句话、每个眼神、每种姿态，我这才想起来自己当时那种不自在的感觉。直到今天，我始终也没有搞明白，我那时的不安会不会完全是我自己臆想出来的？我那时是不是觉得弗朗茨一定在猜疑我？这是因为我自己也说不清楚，我虽然恶作剧般地自我嘲弄了一番，但那是不是只是我在真诚地企图掩盖曾无辜地犯下的大错在我心灵里留下的空虚？

自那以后光阴似箭，对往事的回顾我越来越觉得力不从心。

我有时很担心根本记不住以前的事了。人脑的记忆可以和珍珠蚌内层的异物相提并论：起先只是一个令人生厌的家伙侵入了蚌肉，接着蚌壳用外套膜将这个异物裹住，让分泌出的层层珍珠质包围住它，在它上面逐渐形成鲜亮圆润的光滑外层。这其实是种病态现象，却被人为地奉为珍品。我能记得的就是弗朗茨那晚在我家中，我跪在床上为他演唱了斯大林赞歌。之后不知过了多久，在一个无雨的秋夜，他离开了我的公寓就再也没有回来。这两件事之间可能确实有某种关联，但也有可能是我持续不断地为自己的回忆寻找意义的结果。

那晚，我请求弗朗茨再唱一遍那首猎人耶纳尔万的民歌。在弗朗茨会唱的所有歌曲里，我最喜欢听这首，而且我觉得，他最喜欢唱的也是这首歌。歌中残忍的谋杀让人伤感不已，就像它的韵律也让人觉得滑稽好笑一样。弗朗茨唱的时候，沉浸在某种愤慨之中，很有男人气魄，就好像这首歌的词曲作者当初抬着被暗杀的约瑟夫·阿鲁斯·耶纳尔万去安葬时那样唱着。这首歌歌词的豪放不羁，直到今天我都非常清楚地记得下面这一段：

有个猎手好年华，
却被从世上抹杀。
派森山的希里尔湖旁，
第九天才找到他。
峭壁溅满鲜血，

有人发现他扑地身亡。
夺命的子弹从后射入，
破碎的还有那双下巴。
呸，如此开枪，你这孬种猎手。
如此下作，你得不到荣华。

尽管弗朗茨一点儿也不会让我联想到十九世纪巴伐利亚州山区的农民，但我还是感到他和这首歌之间的某种关联。他似乎自我陶醉在他演唱这首歌过程中所能表现出的古朴男风，而我也很欣赏他的这种风格。

弗朗茨和我都把对方看成奇迹。可能所有相爱的人都是这么想的吧，我们也不例外。虽然我们夜晚的“对歌”是以一种非常奇特的方式来互相倾诉不同的生活经历，但是奇迹并不是我们既会唱同样的歌又会唱不同的歌，真正的奇迹是我们两人之间的肉体吸引。自从弗朗茨第一次用他的手背轻划过我的脸颊后，我们的身体似乎比我们更知道自己的意图。虽然我自己也说不清楚，如果没有肉体我们究竟会是什么样的人，但是，就我们来说，说我们俩的身体是随心所欲、敢作敢当的实践者肯定不会有错。它们互相渴慕着对方，仿佛是一辈子都被远远地强行分开。而当它们终于又可以相拥交缠在一起时，就被一种筋疲力尽的快感攫住，仿佛它们终于、终于有这么一天达到了目的，仿佛它们的天职就是要找到彼此，而且它们似乎也一直就知道会有错过彼此的风险。

到了这把年纪，我们根本不能再辩白说自己的身体还在盲从于大自然为延续物种而实施的掌控。其实，我们想得更多的可能是“终结”。而且，那种“时不再来”的恐惧感会让我们身体内还算年轻的那部分肆无忌惮地对我们发号施令。对，正是年轻的那部分，是我们身上“冥顽不化”的那部分，促成了性爱。而渐老的年龄为了抵御绝望便制造出不同的情感——我们也可以称之为“爱”的情感：对动物的爱，对孩子的爱，对自然的爱，对工作和上帝的爱，对人类的爱，对音乐的爱以及对艺术总体的爱，等等——尽管这些爱和我对弗朗茨充满激情的爱没有任何一丝一毫的关系。

一个有智慧的人爱的是那些不能让人横刀夺爱的东西。他买只狗来养着并爱上它。狗死了，他再买只新狗，继续爱它。我不让自己那么费劲。在我遇见弗朗茨之前，我爱的是那永恒的布氏腕龙。

*

弗朗茨和我现在没有躺在食肉植物的花丛中。我们面对面地坐在窗前的一张窄小的桌子旁，而我们之间仿佛是一幅立体“静物画”，画上的东西都是我预计弗朗茨要来看我，便在一家美食专卖店里购买的食品，有火腿、猪肝酱、甜瓜、葡萄和奶酪。因为我觉得为情人烹煮食物有失体统，所以我从不为弗朗茨做饭。我说不清为什么不觉得为情人买东西、摆好餐具吃饭是有失体统的表现，但是我很明显地感觉到这两者之间是有差别的。弗朗茨隶属的一个委员会专门探讨和决定我们博物馆的存亡问题。他说，从目前可预期的情况来看，我们不用担心博物馆以及我个人的前途。估计人家也就是把我们分配到另一个部门去而已。现在回想起来，似乎我当时根本没有意识到我们博物馆、布氏腕龙和我自己的工作所面临的危险。只是那次和弗朗茨的谈话、那句话以及记忆里他当时和我说过了什么，我还有些印象，仿佛我的记忆力是块远古的岩石，只在这里或者那里留下斑斑印迹，如同留在普里尼·穆迪花园里的那些奇异的远古鸟类足迹一样。

弗朗茨说奶酪很好吃，而我并没有告诉他我总是只买这三种奶酪，因为在这期间我只学会了这三种奶酪的名字。

我说，现在我们不仅会唱同样的歌，而且还熟悉同样的奶酪了。弗朗茨接着说，他也是在相对简朴的生活环境里长大的，上大学的费用都得靠自己打工支付：他卖过冰激凌，给人搬过家具，送过电报，当过排水管道工、锅炉工，等等。当别人出去度假了或者买了第一辆汽车时，他得上夜班苦干。即便是以后，他强调道，奢侈的生活也和他无缘。我看到，弗朗茨沉浸在回忆他青年时代的贫穷生活就像有些人陶醉于他们的富裕生活一样。于是，我坦白说，我自己一个人一定不会买这么贵的奶酪吃，但是想好好款待他，因为我觉得，弗朗茨平时一定是习惯了这种吃法的。这样说着话时，突然我就感觉到自己跟着弗朗茨进了他家的门，而通常在我脑海里，都是在他跨过那道门之后，隔着门板我自己臆想他和他太太怎样恩爱有加地坐在厨房的桌旁。他们面前是一盘肉汤，里面浮着两个或者三个类似汤饺的东西。

在我的想象里，他们吃的其他东西应该算是比较节俭的一类：既没有葡萄酒也没有法式原奶奶酪，非时令季节就不吃葡萄，倒是有块从迈耶尔或者凯瑟要不就是博乐这类超市里的乳酪柜台买来的高达奶酪，还有苹果。这使得我转而对弗朗茨的家居布置有了兴趣，因为他工资不菲，总得花在什么地方吧。如果钱不花在生活中的感官享受部分，那就肯定是花在“持久耐用的东西”上了——就像卡琳·吕德里茨提起她买的比德迈耶家具和精心收集的钴蓝色陶瓷餐具时所说的那样——花在能传给后代的东西上，这些物品会随着时间的消逝价值倍增。当然钱还可以花在房子上，就是那座弗朗茨在“家”时，他的方言不说“在房子里”的房子，那座只要他和我告别时，说“回家去”，不说“回到房子里去”的房子。

我看着弗朗茨怎样有规律地、时不时把葡萄放到嘴里，一颗接着一颗。一种说不清的嫉妒在我心里逐渐蔓延开来，就像刚刚发作的头疼那样。算了，我不想知道弗朗茨如果不在我这里是怎样生活的。我不想知道，他家有个圆的还是方的餐桌，上面放着的奶酪是便宜的还是贵的，墙上挂着的是古典的还是现代题材的画，床上铺的是白色的还是花色的床单，他太太的头发是金色还是深色——她是金发，这个我早就知道了。所有这一切我都不想知道。

你知道吗，我以前骑过一只圣伯纳狗？我问弗朗茨。这个问题挺没意思，因为我很清楚弗朗茨无法知道我是不是骑过圣伯纳狗，因为我没有告诉过他；最主要的是我自己也不是特别确定我究竟做没做过这件事。那只圣伯纳狗是我们教堂广场上的那家酒吧豢养的狗。那时候，教堂的窗户还没有被人用砖块堵上，这也就是说，我们的父亲——汉兹的爸爸和我的爸爸——都还没有从战场上回来。我那时还不到一点一五或者一点二米，而战后特有的营养不良造成我体重轻得足够把一只成年的圣伯纳狗当成一头强壮的骑物了。

以后我再也没有遇到过如此高大的圣伯纳狗了。究其原因是我在自己还那么瘦小的时候没有遇到过其他的圣伯纳狗。如果天气好，从中午酒吧开门时起，它就伸开四肢躺在酒吧门前。多数时候它是趴着的，一只肥厚的前爪放在嘴巴下面，脑袋不动，只用眼睛盯着所有移动的物体。因为它的下眼睑总是下垂着，起初我还以为它生病了。虽然它体形巨大，但是我并不怕它。酒吧所处的那座房子是广场上唯一没有受到破坏的建筑。在残垣断壁的废墟中，那趴着的有皮有肉的圣伯纳狗简直成了善的化身。

有时候，它站起来，打个哈欠，伸伸懒腰，抖一抖。这时，口水就从它嘴里流出来。然后，它调整四肢的方向又重新趴到石头路面上。它站起来的时候，头抵到了我的脖子下，也许一直抵到我的下巴呢。除了想要个玩具娃娃，我最热切的愿望就是骑着圣伯纳狗绕着广场跑上一圈。我常常蹲在它旁边半个小时或者更久，抚摸它的爪子，用指尖触摸它前额上隆起的皮下小疙瘩，同时希望哪个喝醉了而变得好说话的酒吧客人突发奇想地把我放到狗背上，让它带着我围着广场跑一圈。有一天肯定就是发生了这样的事。忽然，我坐到了圣伯纳狗的背上，抓着它那对极其柔滑的耳朵，好似缰绳在手，然后它就驮着我缓缓地跑了起来，绕了广场一圈、两圈，甚至可能是三圈。

由于我母亲本人怕狗，我便担心，即使在事后她还会特别禁止我的那次历险，所以过了好久我才告诉她这件事。不记得具体是什么时候了，反正那时我早已成年，但还是向她坦白说曾经骑过广场那家酒吧的圣伯纳狗。她却根本不相信，说那不过是我的胡思乱想，最多也不过是我做了个梦而已。否则当时肯定会有人告诉她的。所有我干过的事，总会有传到她耳朵里的时候。她说这话的时候，微笑起来，似乎正想起了什么有关的事。我一看，便马上转换了话题。

我对弗朗茨说，我记不清楚我究竟骑没骑过那只圣伯纳狗了。也许当时我太渴望做这件事了，所以情不自禁地想象出了这么个情节，结果让自己也相信是骑过这只狗了。我的手心里还留有对它耳朵的记忆；我还能感觉到，它身上的毛蹭得我的腿痒痒的，它宽宽的后背在我胯下笨拙地晃动着。我像骑马那样夹紧双腿，挺直腰背，在广场上寻找着汉兹·帕茨克，希望他能看到我。

嗯，弗朗茨说，嗯，是这样的。我们回忆的方式，就像做梦一样，是人的个性问题。有些人总是噩梦缠身，有些人只梦到天堂美景。而我呢，我根本就不做梦。但是，像大家在报上都可以读到的那样，我没有例外，当然也做梦了，只不过是自己把它压抑下去了。而你却相反，甚至把梦境当作现实。

也许那就是现实啊，我答道。

也许是，也许不是，弗朗茨边说边把剩下的最后一颗葡萄从桌子的这一头滚到另一头。对我来说，如果现实过于美好，我更倾向于把它看成梦境。幸福，弗朗茨继续说，是稍纵即逝的，书里是这么说的，我们这个年纪的人这样说也是经验之谈。究竟是短暂的梦境还是现实生活的稍纵即逝会使我们失望？这两者之间难道有区别吗？恰恰相反，如果我对自己说，这是场梦，那它就是场梦，我知道它的终结，可以把自己毫无保留地交给那一刻。

我注视着那颗葡萄怎样在弗朗茨的指尖下忽左忽右来回滚动着，试图想弄明白，弗朗茨是否把我们，他和我，当成了一场迟早都不可避免要清醒过来的梦。或者他把我们看成了可以将就的现实。对他来说，这意味着：不要太过美好才可能真实。

我考虑了一下，要不要给弗朗茨讲述那双鞋的故事。这个故事本身无关紧要，但是，它作为我性格缺陷的譬喻留在了我的记忆中，那意义可就非同一般了。由于一个偶然的机会，我弄到了一双蓝白色的意大利平跟软皮凉鞋。于是，我向一个女友显摆了一下，而她，要么是真的这么认为，要么是觉得我为一双普普通通的凉鞋喜形于色是毫无品位的表现。她断言道：这双鞋毫无疑问是廉价货，鞋掌很快就会断裂。兴高采烈的我被当头泼了一盆冷水，只能靠反证来让自己重新快乐起来。在家的时候，我拿出一只鞋，把它两端相向反复多次地上下弯曲，直到鞋底断掉。其实，就算我好几个星期都用脚尖或者后脚跟走路——我当然没有这么做——就算我的脚非同寻常地叉开、转动甚至扭伤，皮凉鞋也绝不会遭到像上面那种程度的摧残。如果不是我自己的蓄意所为而招致了鞋子被预告的结局提前到来的话，也许，我整个夏天，很有可能在那之后的几个夏天里都可以穿这双皮凉鞋呢。

弗朗茨最后使劲拨拉了一下那颗葡萄，在它掉到桌下之前，用另一只手接住了它。

我得出去旅游了，他说。

和谁一起去？

代以回答的是弗朗茨头部模棱两可地晃动了一下，这或者是像指明方向似的往城市的西部点了一下，或者像是在安抚，或者像是在设防。

干吗要这么问？你又不是不知道。

什么时候走？

后天，弗朗茨答道，然后终于把那颗葡萄放进了嘴里。我强烈地感觉到自己心里的火山将要爆发。每次心跳都有一股热流涌向喉头，一厘米一厘米地顶上来。如果我现在开口，熔岩就会喷出。这是我现在能回忆起来的最后一个还算清晰的念头。如果让我重复那天晚上我对弗朗茨所说过的话，那我只能把这些话描述成一个无与伦比的可怕声响，像是从地心传上来的隆隆声，又像是沙漠和森林里所有野兽同时发出的、火红烈焰般的嘶叫。我说的有可能是句子，有主语、谓语、宾语，有主句和从句，它们有可能蕴含着某种意义，愤怒的、恳求的、威胁的，却全部汇集成了这么一个声音。我不知道哪个单独的个人能在身体里有容得下这种声音的地方。

其实我整个春天都在等待这个通知。最初，我只是想让自己的旅行计划和弗朗茨的时间安排相吻合，因为我绝不想离开柏林单独去度假，一天也不行，只要在那一天我有可能见到弗朗茨，或者可以和他说上话。

时间一周一周地过去了，弗朗茨并没有提及他要离开柏林，连暗示也没有过。于是我暗自希冀，弗朗茨可能动用了什么借口推掉了夫妻同行这样的冒险计划。我这样估量是因为我很有把握地说，如果我不是早已经一个人独自生活了，我也很难想象在遇到了弗朗茨之后还和我丈夫一起去旅游。很长时间以来，我一百次、一千次或者三千次地扪心自问：当弗朗茨吐露说要出游，而且说就在后天时，我为什么会没有任何思想准备，反而觉得自己受了非常大的打击呢？我得出的结论是，那个时候，我肯定是已经遵从了某种逻辑，而那个逻辑不管是对他人，还是对从今以后不抱任何幻想的我来说，都难以理解。甚至，当时有可能是我按照自己的意愿曲解了弗朗茨的沉默，进而希望我们，弗朗茨和我，一起去旅行，也许去麻省的南哈德里，去普里尼·穆迪花园，或者去格兰德河寻找弓背蚁。弗朗茨告诉我说，这些弓背蚁可以在高地的断木残桩里找到，而在洪水泛滥地区，人则要高至树冠才能发现它们。也许我们还是会先去南哈德里，然后再去格兰德河；或者正相反，先去格兰德河，然后再去南哈德里。总之，我相信，我可能早就对我们即将去共同旅行高兴得忘乎所以，这时弗朗茨却对我说，他后天一定要远行，而且为了表明对此再没有什么话可以补充了，便把最后一颗葡萄塞到了嘴里。

如果确实是我误解了弗朗茨的沉默，把它当成了对我的默许，而不是对他太太显而易见的承诺，这样才可以解释为什么那天晚上我会如此狂怒，而且这种狂怒的状态一直持续到弗朗茨度假归来。

弗朗茨是在一个周六的早晨乘机飞往苏格兰的。如他所说，是去参观哈德良长城。这让我禁不住想起了我丈夫和埃米尔，以及他们对马奇诺防线的狂热。可是，弗朗茨声称，实际上不是他，而是他那爱好学习的太太在阅读了一部有关罗马皇帝哈德良的历史小说以后，选择了这个出游地点。在这之前，我连听都没有听说过哈德良长城是怎么回事。要不是弗朗茨和他太太去那里旅游的话，我下半辈子都不会对哈德良长城产生任何兴趣，就像以前我对马奇诺防线没有兴趣一样。现在我不但知道了弗朗茨太太有一头金发，还知道她阅读历史小说。但是，如果不是弗朗茨和他太太一起去英国，向这一百二十公里长的罗马帝国的界墙顶礼膜拜，我其实一点儿都不想知道这一切。

星期五我给机场问讯处打了电话，询问弗朗茨有可能乘坐的航班班次。早晨只有一次航班飞往爱丁堡，十点整从柏林特格尔机场起飞。我不知道我是否这时候就已经决定了亲自去机场，去目睹弗朗茨和他太太怎么从出租车或者公交车上下来，我想他们大概会乘公交车。我要看着他们怎么把行李拖过自动转门，办完登机手续后一前一后地通过护照检查的窗口。很有可能的是，我想以某种方式，即便是最痛苦的方式，去参与这次旅行。我想知道，弗朗茨得几点起床，什么时候刮胡子，什么时候吃早饭、叫出租车。我非得跟上他早晨启程时的那些步骤才行。我把闹钟定在了早上七点。我起床、洗澡、喝咖啡，在做这些的同时想着弗朗茨和他那个金发太太。八点刚一过，我就钻进汽车，没有明确的目的，宁愿追随着某种我无法抵抗的旋涡引力。在这之前，我一共坐过四次飞机：一次是去莫斯科开会，一次是去保加利亚的瓦尔纳度假，还有两次是去布达佩斯。各地的机场不是让我感觉熟悉自在的地方，更让我觉得不习惯的是世界上所有的大城市都显示在一个屏幕上，大家无非是拿着身份证和机票，让自己在拥挤的窗口前排队办理登机手续，然后就像登上公交车或者有轨电车那样登上一架飞机，让自己被载到巴黎或者里约热内卢或者爱丁堡去。我不清楚现代人是否依然对此习以为常：人人心怀某种希望，不间断地在空中穿梭往来，以便几个小时之后让自己到达另一目的地，经历另一种气候，做些他们在家也完全可以做的事情，比如睡觉、吃饭、吵架、做爱、参观、阅读、购物，等等。即使我当年就觉得这种生活方式有点儿不合情理，但是如果拿它和那个不寻常时代里所实行的诸如禁止公民出入境那些恣意妄为的措施相比，我还是觉得自由旅行是件正常有益的事情。

第五号登机口已经显示出飞往爱丁堡的航班信息。我站在登机口旁边的公用电话亭边上，目不转睛地盯着弗朗茨和他太太飞往哈德良长城必须要经过的柜台前的那个位置。机场这个庞大的“旅行机器”被我缩剪成一个类似电影院银幕的片段，不断变换着画面：背着背包的年轻人轻松自如地把机票递给柜台后面的人；一个穿着金蓝色纱丽的印度女人身后跟着个年轻的男人，估计是她儿子，推着装得满满的行李车；一对胖胖的金发夫妻带着三个胖胖的孩子，每个孩子胳膊上都抱着个小绒毛动物玩具。这期间有个举着玫瑰花的女孩不断地上上下下来回转悠，显然她还没有找到那个她想献上玫瑰的人。她从左边或者是右边闯入我的视线，那双细长的腿不安地横穿过我的画面。女孩穿着一条极短的裙子，没有系扣子的上衣裁剪得紧紧地贴在身上。与此相反的是她那像孩子一样绝望地噘起的小嘴，和尖尖的小脸上那双不知所措的眼睛，惹人怜爱。接着，我看见了弗朗茨，先是只看见了他，然后是那个娇小的金发女人，很明显她和弗朗茨是一伙的。弗朗茨拉着两只箱子就好像拽着两只闹脾气的狗，他太太拎着一个旅行包，拿着机票的手搁在胸前。我从第一眼看见弗朗茨太太就不喜欢她。直到今天我也不确定，在其他场合下我会不会勉强喜欢她。我相信我不会，这是因为我依然记得很清楚，那天早上她是怎样扬着头颈、神色镇定、不慌不忙地款款走过办票大厅的。她那双纤足大概穿三十六号的鞋。如果不是我早就知道她是个图书管理员，我会认为她是个体育老师，就像我中学时的老师帕勒贝格小姐一样，娇小结实，只不过她手里拿着的是机票，而不是体育课上使用的铃鼓。

然而，弗朗茨，我那苍白善感的弗朗茨，那个看着布氏腕龙的骨骼就能辨认出它的前身曾经是只美丽动物的弗朗茨，他和那个像帕勒贝格小姐的女人有何相干？在我眼里，刚刚通过护照检查窗口的那两个人不过是个四条腿的人造组合，一个畸形产物，毫无存在的必要，根本不像弗朗茨和他的青春之爱那样是天生的一对，而是完全错误的搭配，错配、错配、错配！这个词集中了我所有的愤怒。我无法相信这个错误的组合有可能是弗朗茨自己的选择。这是掠夺，对人的掠夺！一个小巧干练、很像帕勒贝格小姐的人抢走了一个命中注定不属于她的男人。如果不是柏林墙和那个不寻常的时代阻碍了我和弗朗茨在二十年或者二十五年前相识的机会，她根本不会成功地把这个男人抢到手。就是因为错失良机，我现在只好遮遮掩掩地站在一个电话亭里，看着弗朗茨怎样被一个陌生女人推拥着通过边防检查。她一定是事先抢走了他的护照，因为她手里除了拿着机票还拿着两本护照呢。他就这样登上了一架不是飞往格兰德河或者麻省南哈德里的飞机，就这样被送往苏格兰的哈德良长城，飞去一个和他毫不相干的地方。我想，我没有询问过飞往爱丁堡的航班是否还有空位。但可以想象的是，我受到追随弗朗茨去爱丁堡这个念头的诱惑，确实是询问了飞机上还有没有空位，然后就忘了这件事。要不就是那个航班的座位全部爆满了。总之，我没有和弗朗茨以及那个让我想起帕勒贝格小姐的金发女人一起飞往哈德良长城。

*

那个夏天的天气究竟如何，我几乎没有印象，就像我说不清楚那是我和弗朗茨的第一个、第三个还是最后一个夏天一样。我们两人在一起度过了一个夏天还是好几个夏天？还是我们根本就没有一起经历过任何季节的变换？对我来说，我和弗朗茨在一起的时间是永恒不变的，没有任何度量可以用来衡量它的长短。我身在其中，仿佛是置身于一个四周透气的球心里。

我不记得弗朗茨和他小巧的金发太太飞往苏格兰的那个周六究竟是个雨天，还是个晴天，或者是个干燥凉爽的阴天。直到最后一秒钟，我都期盼弗朗茨迷途知返，就像如果有人想把我诱拐出柏林，我还会跑回来那样。但其实没有必要这么说，因为我没有把打点好的行李带到机场，因为我并没有答应任何人一起去旅行，还因为我从来没有自愿——哪怕就一天——离开过弗朗茨。我漫无边际地开着车，任自己随波逐流地驶过城区：这座城市竟是如此地荒凉混乱，似乎并没有我的安身之处，并且由于没有弗朗茨置身其中而变得毫无意义，仿佛在遇到弗朗茨之前我并没有在这里已经度过了大半生。我这么大岁数了，不会不明白自己是害了俗话说的相思病，并且相思到了如此可笑的地步，明知自己身陷其中，却不能自拔。我就像一只迷惘的昆虫，满怀希望，一遍遍地枉然撞向玻璃窗，寻找着能让自己摆脱这种无能为力状况的途径。弗朗茨飞去了遥不可及的地方，跟另一个女人，他认为自己更属于她，而不是我。去死吧，我想，去死吧。当我意识到只有死神才能让我从面临的痛苦中，多少能得到些许解脱时，不禁放声大哭。我只好将车拐到一条小街里，找到了停车位并停下来，但几分钟以后我又马上离开了，因为一群正在附近玩耍、有黑色卷发的孩子围了上来。他们好奇地透过汽车的前窗盯着里面看，显然非常惊讶有个青春不再的女人坐在那儿号啕大哭。我开着车，根本不知道自己身在何处，更不知道自己想去哪里。这时，我看到前方有一辆车，除了车牌号不同，和弗朗茨的车完全一样，便立即跟了上去。我当然知道那不可能是弗朗茨的汽车；弗朗茨此刻正在飞机上坐在他太太身边，可能正在给她念一段报上的消息或者握着她的手，因为她和我一样害怕坐飞机。尽管如此，那辆陌生人的汽车仿佛是弗朗茨的影子，让我感到了某种慰藉。车子的主人挑选的车型和颜色都和弗朗茨当年做的选择一模一样。其实，我根本不知道弗朗茨的那辆车是否真的是由弗朗茨而不是由他太太挑选的。像今天这样一前一后，我和弗朗茨过去常常这么开着车，在柏林的城西他在前，在城东我在前。现在，我前面的那辆车开得很快，有一次为了跟上它我只好闯了红灯。当我们驶进六月十七日大街时，我认出了回家的路。我考虑了一下要不要现在开回家去算了，但最终还是宁愿让自己沉湎于跟随那辆很像弗朗茨的汽车所产生的安全感。在康德大街旁的一条小街里，那辆车出人意料地消失在了一个地下车库里，而我却连开车的是男是女还都没有搞清楚。后来我想到，车主可能觉得被我跟踪了，所以用这种方法甩掉了我。也许我跟踪的是某个贩毒集团的马仔或者是拐卖女孩的俄罗斯犯罪团伙。他们善于驾驶一种不太显眼，像弗朗茨这样正派、不轻浮的人比较偏爱的中档车来伪装自己。如果我开车追到地下车库的话，那就太危险了。

我没有多加考虑，继续往前开，一直开到我熟悉的地方。中途，我在一家书店停了下来，买了两本有关英国的书。我还查问了关于罗马皇帝哈德良的历史小说，但是，女售货员对此一无所知。

柏林城里只有一处是我希冀仍然为我保留了“意义”的地方，除了用“意义”这个词，我不知道还可以怎样来形容它。之所以这样说，是因为所有我看到的一切——街道、小吃亭、穿梭来往的人群——都在我眼里失去了意义，纵然是我想在心里找到哪怕是一点点模糊的归属感也徒劳无获。似乎没有弗朗茨作为媒介，我已心无所属。我希望，只要我站在布氏腕龙下那个唯一属于我的位置上，布氏腕龙就会一如既往地向我保证会“忠贞不渝”，保证不会屈服于人类也包括我自己的任何荒诞行为。

博物馆里几乎空无一人，我打发那个负责安保的老太太去喝咖啡，然后坐在了她的椅子上。这样，在为数不多的参观者面前，我那清心寡欲似的沉思默想也就顺理成章了，否则我看起来会非常可笑。我等待着。它——布氏腕龙，愚蠢地或者得意扬扬地，像往常一样狞笑着。

我等了很长时间，但是，平时轻易就可得到的慰藉却迟迟未至。“一只美丽的动物”，弗朗茨这么说过。在那不寻常的时代，布氏腕龙是另一种意义的象征，它象征着一种我更加认同的意义，即“布氏腕龙灭绝了，终有一天，所有的东西也会灭亡”。这种想当然的说法虽然没有新意，但却有使人解脱的效果。然而，布氏腕龙如何能帮助我反击那和它同本同源的东西呢？我对弗朗茨感情中那些无法驾驭的因素来自恐龙的天性，这是我后来才认识到的。或者这么说吧：我终于认识到，是我身上那种类似恐龙般的天性——那种趋于原始冲动、野蛮暴力、蔑视任何文明准则的因素——在这样强烈地爱着。没有任何需要语言表达的东西在反驳我对弗朗茨的热爱时，能够证明自己是正确的。

那个周六晚上，我所期待的能够理顺我情感的平静，那种几十年来在我和布氏腕龙的神交仪式中总能找到的宁静，却让我空等一场，始终没有出现。于是，我问自己，既然没有任何人可以阻碍我去麻省的南哈德里或者其他什么地方，我为什么现在又重新或者一如既往地坐在了我们博物馆玻璃穹顶下的这个位置上呢？难道我赢得的自由却被用来交换另一种自我选择的囚禁吗？这么多年过去了，我现在对此有了不同的认识。我当时其实已经做出了选择，在所有的可能性里，我选择了热爱弗朗茨。我知道，总有一天我会启程去参观普里尼·穆迪花园里那些奇特的远古鸟类足迹，尽管无论是我还是我的同龄人，都曾经不敢相信我们能苟活到那个不寻常时代的终结。但是，如同我从来没有中断过希望去普里尼·穆迪花园的念头一样，如今我是铁了心要和弗朗茨而且只和他一个人到那里去。当然，我现在也认识到，我最大的愿望在得到满足的同时就已经变得渺小了，不会再是我最大的愿望了。然而，谁又会指责一个被监狱高墙包围着、除了渴望自由别无他求的囚犯呢？这个囚犯只有在获得自由后，才不会还把自由看成自己幸福的前提条件。

当我坐在布氏腕龙前保安员的那把小椅子上时，深感自己处境的可笑，但又无法恢复理智。这时，一句久违了的诗句在我心头渐渐变得明朗起来，起先只是“不赢得你毋宁死，不赢得你毋宁死”，我反复地说着这几个字，用呼吸模拟着缺少的字眼，直到记忆的闸门豁然开启：“两者中我速选一 / 不赢得你毋宁死。”这就是克莱斯特诗剧中彭忒西勒亚的句子。我记住了这句诗行的时候，应该是二十或者是二十二岁左右，但我从来没有对任何一个男人如此表达过情感，后来我就忘了这句诗。

我回来了，看管恐龙大厅的老太太在我耳边轻轻地说。我祝她周末愉快，便把座位又让回给她。

……毋宁死，我想着，但是别放弃啊，我不会再放弃的。

彭忒西勒亚的诗句我是从贝雅特那里听来的。她想当演员，为了通过表演学校的入学考试背熟了克莱斯特的诗剧《彭忒西勒亚》。贝雅特称自己为贝雅，而其他人却都叫她阿特，她自己倒也从来没有表示过异议。我不记得我是在哪里认识阿特的，但是相信她是某人的妹妹，而这个人是谁我现在已经忘记了。在我的印象里，阿特除了总是穿着黑色的紧身灯芯绒裤和一件长长的黑色男式毛衣，一次也没有穿过其他任何不同样式的衣服。她把黑发侧分着，剪得像火柴棍那般长短。她比我大三岁，独自住在普伦茨劳贝格区的一家商住两用房里，而我还一直蜗居在我父母卧室旁的儿童房里。在我认识阿特不久后，我搬进了一间长满霉菌、不带厕所的单房公寓，就在她家附近。有那么两三年，我们几乎每天都见面，我上大学，阿特在餐厅做服务员。每次我们见面时，她就给我表演她正在准备通过的入学考试所要求的角色。《彭忒西勒亚》是阿特每年都要试演的剧目。我们喝的是五个东德马克一瓶的保加利亚红葡萄酒，叫伽玛乍或者马福卢德，这也是我们以后要给自己的孩子起的名字：女孩叫伽玛乍，男孩则叫马福卢德。

阿特爱的是一个她称为“阿赡”的男人。他曾因为拒绝给他十七岁时所生的一个孩子支付抚养费而锒铛入狱。阿赡来自西柏林，是个失业演员。柏林墙砌起来的那天夜里，他正睡在阿特的床上。因为那时夏洛特堡城区法院对他不付抚养费的诉讼正好还未裁决，他便决定宁可待在阿特这边的柏林墙后面，也不愿被再次囚禁在莫阿比特的监狱高墙里面。

阿赡在一夜之间突然洗清了所有犯罪前科的污点。他奋发进取，通过阿特的帮助，在柏林大都会剧院找到了戏剧顾问助手的工作。我认识阿特的时候，阿特声称，阿赡在过了三年天堂般的幸福生活之后，刚刚搬了出去。这次是为了大都会剧院一个跳芭蕾舞的姑娘，名叫爱丽丝。但是阿特只称她为丽丽。

阿赡除了帕西法尔什么也没留给阿特。帕西法尔是只有着黄色皮毛的狗，长得和猎獾狗很像，卷曲的尾巴硬得像铁丝似的，还顶着一个过大的、更适合狼犬的漂亮脑袋。只要带着帕西法尔登上有轨电车，就会毫无例外地引起人们不知所措的哄堂大笑。而帕西法尔却把这些当作赞许，用它那螺旋式卷曲的小尾巴痉挛似的摆动着以示回应。一天夜里，阿赡从剧院回家的路上发现这只狗向他跑过来。于是，贝雅特便喂养起帕西法尔，并从一开始就缴付着狗税，这点据说后来成为阿特列举的、唯一得到法庭认可的论据。阿赡搬走几个星期后来到阿特家看望帕西法尔，还自告奋勇地说要带它在房子附近遛遛，一个小时之后却从电话亭打来电话宣称：从现在起将由他来喂养帕西法尔，特别是因为它马上就要在大都会剧院上演的剧目《小白马》里担任角色。我从来没有见过阿特为了阿赡哭过，这并不是说她没有为他哭过，只是我从来没有看见过罢了。而现在只要她自己或者是有人说起帕西法尔，她都会因为这只狗而潸然泪下。今天回想起来，我觉得，自从帕西法尔被拐走以后，我们的话题似乎就只是围绕着它了。不久，《小白马》首次公演。阿赡没有说谎，帕西法尔的确在里面扮演了个角色，每次演出都得到喝彩，至少阿特在大都会剧院的耳目是这么通风报信的。她还从他们那里获知，阿赡在演出之后常常和丽丽及其他芭蕾舞女演员去餐厅喝酒闲坐，却把帕西法尔独自留在门房好几个小时。

阿特对《小白马》的演出计划总是了如指掌。有一天晚上，剧院正在上演该剧时，阿特的三个或者四个朋友包括我在内坐在阿特厨房的桌子旁，喝着保加利亚的红葡萄酒，不是伽玛乍就是马福卢德。有人出主意说，既然帕西法尔在演出后孤零零坐在门房那里，大家可以像阿赡把它拐走那样再把它拐回来呀。

为什么大家推举我出面行事？是大家抽签决定的还是因为我看起来比阿特的其他朋友显得老实本分？我不记得了。阿特有个叫莱纳尔的朋友，我跟他本不太熟悉，也被大家怂恿着陪着我一起去偷狗，因为他那天晚上正好开着他母亲的车。我们觉得自己好像是游击队员，要出发去炸毁纳粹的弹药库，但结果却让我们大失所望。因为在我们向门房解释说我们受阿赡之托来接帕西法尔后，他便毫无顾虑地把拴狗的绳子从椅子腿上解开，塞到我们其中一个人的手里。仿佛是要特别强调此次行动的危险性，我们像被人追赶着似的跑过剧院后面光秃秃的空地，奔向汽车，连那只狗也飞扬着耳朵颠跑在我们两人中间。当帕西法尔终于回到阿特的怀里时，它高兴得“汪汪”直叫。阿特哭了起来，任凭帕西法尔把她脸上的泪水舔干。我们站在一旁，深深地被感动着，心满意足地看到，由于我们的出手相助，正义和爱情获得了胜利。直到今天，在七十年或者八十年之后，那几分钟仍是我一生中最幸福的时刻之一。

两个小时之后，阿赡发话了，如果阿特不立即或者最迟到明天还不把狗交出来的话，他就要采取必要的措施。于是，我们决定必须刻不容缓地把狗带出柏林，带到一个阿赡找不到的地方安置。阿特的女友吉格琳德毛遂自荐把帕西法尔带到帕泽瓦乐克附近她父母居住的小村庄里，而阿特也在考虑为了保险起见，是不是要先把帕西法尔的毛皮染成其他颜色。第二天，吉格琳德带着帕西法尔乘车去了她父母那里；而阿特为了不被人指责虐待动物，并且出于对帕西法尔自然毛色的喜爱，放弃了给狗染毛的想法。

唉，这只其貌不扬、对其他人——除了阿特和阿赡——几乎毫无价值的小黄狗！即使是对阿特和阿赡他们两人，它也不过是代表那些曾经把他们两人相连在一起的东西，代表那些现在他们俩各自想占为己有的东西。这只长着过大的脑袋、尾巴弯弯曲曲的黄狗在这期间已经成为东柏林唯一一家轻歌剧院里观众们的宠物，也因此成为可以用金钱来衡量价值的争执对象。于是，大都会剧院通过其法律顾问汉斯－库尔特·万尔博士提起了诉讼。阿特收到了一份文件，文中把她列为“被告”，传讯她于周三十一点整在位于立藤街的中央城区法院出庭。阿特不想要律师协助她，因为她不相信有谁会怀疑她的所作所为在道义上的合法性，更别说法庭了。尤其是她阿特，不但喂养了那只狗，而且最主要的是从一开始就缴纳了狗税。所有这些她都详尽地写在了那封致“尊敬的法庭”的信函里，为此她还请求法庭听取吉格琳德和我作为证人的证词。对了，我还是见证过阿特有一次身上穿的不是黑灯芯绒裤和黑毛衣。为了出庭，她从一个熟人手里买了一套没怎么穿过的、非常雅致的细方格花纹套装，并要求吉格琳德和我也穿上套装出庭。我们出发之前，站在阿特家过道里的大镜子前端详着自己，一致认为，如果法官脑袋上有眼的话，就不该对我们的诚信有一星半点儿的怀疑。案件审理时，吉格琳德和我不得不坐在走道里的硬板凳上等候。我们镇定自如，沉默地等待着作为证人出庭。时不时地我们互相看看，我或者是她会说：天啊，可怜的阿特；或者：嗯，她会处理好这件事的。不久，吉格琳德被叫了进去，两分钟之后又坐回到我身旁，因为法庭只想索求她父母的地址，不要别的。但是，至少吉格琳德迈进了法庭，被允许哪怕是短短地扮演了证人的角色；而我呢，虽然我是那个诱拐了帕西法尔的人，反而既没有受到传唤也没有被问话。

法庭判处阿特在三天之内必须把狗交出来。我不记得为什么阿特只要缴纳十三马克八十六芬尼的法庭诉讼费，只记得是这么个数目。也许如阿特所说，女法官理解阿特和阿赡之间不只是拐走那只卷尾巴狗的问题，他们之间的法庭调解还有其他内容，所以就把阿特一直缴纳的狗税折算进去相抵，或者阿赡想安抚自己良心上的负疚感，主动承担了部分费用。

我们喝了一瓶甜香槟汽酒来庆祝行动的失败。阿特坐在她那单人高背沙发椅的椅背上，慷慨激昂地痛斥了汉斯－库尔特·万尔博士一番。她认为，整个事件之所以落得如此结局，万尔博士是唯一的罪人。这个由爱衍生的故事，和他本不相干，只是和阿特、阿赡有关。因此，如果不是汉斯－库尔特·万尔博士为了那个可笑的演出计划和不义之财鼓捣出了一个盗窃事件的话，这件事绝对不会被弄到法庭上去审理。当然，我的失望程度虽然无法和阿特的相提并论，但我也觉得由于汉斯－库尔特·万尔博士的介入让我有种被骗的感觉。我曾是那样为我的拯救行动而自豪，可他却将它置于那么几条可恶的法律条文之下，使我的壮举变得一无是处。我们没有赢得“正义的胜利”，同时也失去了帕西法尔。

几天之后，阿特让吉格琳德和我看一个她自己捏成的小蜡人。阿特说，这就是汉斯－库尔特·万尔博士，我们现在要让他去见死神。其实，那个阿特称之为“马来西亚死亡巫术”的仪式还需要那个罪人的头发和剪下的手指甲，但我们怎么可能弄到这些呢？那就需要大家高度集中精力，以顽强的毅力来弥补不足。阿特把一个大头针扎进小蜡人的胸膛，我们杀死了汉斯－库尔特·万尔博士。实际情况是，汉斯－库尔特·万尔博士几个月以后去世了。“非常突然，令人意外”，报上的讣告这么写道。后来，我们听说，他得了奇怪的高热病，任何治疗都不起作用，没几天时间体能就消耗殆尽而亡。

在弗朗茨和他那个长得像帕勒贝格小姐的太太飞往苏格兰的周六，我开车去找阿特。在想到她之后，我心中泛起了强烈的思念之情。我并不想声称，这是对阿特的思念。这种感觉其实更应该是怀念那个逝去的时代，怀念那个在慢慢自暴自弃之前的时代，那个从头做起的时代，那个似乎所有的理想都还可以实现的时代，那个只要稍稍流露出在事业和婚姻方面甘于平庸的想法就会引起憎恶和鄙视的时代。那是一个我们还明确知道有些事我们非做不可、有些事我们永远不会染指的时代。那时，阿特很了解我。她肯定还记得那个曾经的我，我自己也觉得，自从我认识弗朗茨以来，我更接近了那个曾经的我，而不是在两个时期之间变化了的我。我内心已经好久没有这种“非此即彼”的骚动了：非有即无，非生即死。“不赢得你毋宁死”，这样的句子属于开始或者结束。

*

阿特真的已经成了演员。我有七八年没有见过她了。有时候我会在电影片尾字幕上的配音名单里读到她的名字。如果新的电话簿印出来了，我也会在里面查找她，不是想去看她，而是为了证实既然她一直还存在，她过去也肯定确确实实地存在过。

她还住在同一条街，但是换了房子，不再住在底层，而是五楼。她看起来没有什么变化，只是老态了点儿，如我一般。头发也和我的一样染了色。哎哟，进来进来，阿特说。那个旧的高背单人沙发椅立在窗边的角落里。阿特从厨房里拿来酒杯，问我喝红酒还是白葡萄酒。我想起了伽玛乍或者马福卢德，就选了红酒。后来阿特说，我看起来是那么心慌意乱，她都担心我得了精神分裂症。就像她的一个女友，因为有一天突然出现了幻听，马上就被送进一家全封闭的精神病院，三个月之后才带着头虱给放了出来。

我们聊起了帕西法尔和阿赡。阿特问我，我们那时到底是正常人还是疯子？我说，很久以来我都觉得我们是疯子，但最近却觉得我们当时还是完全正常的人，我们那时的所想所为都是无可非议的。

阿特说，帕西法尔早就死了。阿赡在赴好莱坞途中不知给耽搁在哪里了。总之，他始终没有到达好莱坞，否则他早就写信了。

我越仔细看着阿特，越觉得她和那个留在我记忆中大声朗读《彭忒西勒亚》的阿特几乎没有区别。

其实现在和以前没什么两样，我说，只是突然一下子我们就变得这么老了。

那时我们都想在三十岁就死掉呢，阿特说。

我倒是宁愿自己当年想象过如何在七十岁活着，而不是郁郁寡欢的五十岁。天啊，那些不老不少、性感全无的半老徐娘，烫发下的目光还饱含着幽怨。

那现在呢？阿特问道。

就是，现在呢，我说。

我们喝着酒，谈论起风烛残年，仿佛我们很懂行似的。现在，四十年或者五十年之后，我懂得了什么是迟暮之年，我一点儿、一丁点儿也没有觉得它好在哪里！那些所谓“最美夕阳红”的说辞都很愚蠢或是在骗人。比如说，“年长者的智慧”这种赞扬，似乎活生生的肉体如果不腐烂的话，人就不可能变得见识卓越。人之老矣其实就是逐渐丧失听力、视力，身体失去活力，头脑变得迟钝的过程。我估计我已经痴呆了，但是因为我不再和任何人交往，所以我无法给自己或者别人提供任何佐证。如果非要我就晚年美言几句，充其量也就是，它适合在两个方面为死亡做准备：一是我们有足够的时间来精雕细琢自己的记忆，直到记忆中各种活动的场景最终被固定下来，被打造成勉强可信的传记；二是持续不停的衰老会使我们不堪其扰，终有一天我们会渴望死神的降临，渴望它能把我们从生命中曾有过的最爱——也就是我们自己的肉体——中解脱出来。不过，后者只适用于以下这种情况，即我们身体的衰老速度快于我们大脑的痴呆程度。

阿特把毛衣的袖子一直撸到肩胛那里，揪着臂下松弛的肉，声音里带着厌恶喊道：你看看，你看看吧！

我从来就没有喜欢过我的身材。你呢？我说。

阿特站了起来，把毛衣拉到腰上边，绝望地向下看着。啊，感谢我的肉体带给我一生中最快乐的时光，她声音稳稳地说完这句话，然后给我们俩续满酒。

我同意。但是直到现在我才明白这个道理。

终于，我可以聊聊弗朗茨了。我告诉她，我是怎么在布氏腕龙下遇到弗朗茨的，他是怎么用两根手指的指背轻划过我的脸颊的。我向她描述了弗朗茨的声音，讲述了他那青灰色的双眸，我们夜晚的对歌，他那金发太太和哈德良长城。我又说，我这次来拜访，就是为了跟她，阿特，说说这些，因为我不认识其他人，无法向别人解释，在我这个都可以当外婆了、还染着发的人身上究竟发生了什么变故。我只能说这就是生死不渝的爱情。但愿阿特如我所希望的那样，不会因为这么多的激情而笑话我。我告诉她，我来看她是因为阿赡、帕西法尔、汉斯－库尔特·万尔博士这些人和事，是因为那个疯狂的或者根本不疯狂的年代。但是，最主要的是我想起了那句话："不赢得你毋宁死。"

阿特站起来，扬起下巴，把左臂伸向空中，喊道：

"奥特蕾赫是我伟大的母亲
而人民向我欢呼：彭忒西勒亚。"

然后，她又一屁股坐回椅子里，问道：噢，那个"生死不渝"，你是当真的吗？

绝对当真。

可是没他你不也活到现在了嘛。

倒霉透了。

我是说，你那时不也没寻死觅活吗？

对呀，为什么没呢？

你在说啥？

我扪心自问，以前我为什么没有寻死觅活？

可那毕竟不能算是生活啊。

好了好了，阿特说，我明白了。“我很痛苦，因为我失去了生活中唯一能让我愉悦的东西。那使人振奋的神圣力量，那让我得以创造周遭世界的力量，它一去不复返了。”维特，歌德。

你看看，说得不错啊，歌德是对的，我说。我甚至对布氏腕龙都不感兴趣了，也没有去麻省的南哈德里。是的，我生活中唯一的喜悦，它一去不复返了。

阿特说，她感到欣慰的是我仍然记得生活中那些曾经让我愉悦的人和物，即使现在这些似乎已离我而去，消失殆尽。

阿特从酒杯里捞出一只苍蝇，把它弹到地毯上。我感到，自己仿佛回到了生命中早已逝去的那个时刻，那个我懵懵懂懂、不由自主地被卷入的时刻。而现在，几十年之后，我身处同样的十字路口，还得再抉择一次，选择一个不同的方向。

那个弗朗茨，他也爱你吗？阿特问道。

若在星期五时，我还会肯定地对阿特说：是的，弗朗茨也爱我。然而，现在已经是星期六了，我脑子里的画面是：弗朗茨站在护照检查那个狭小通道里，身后是他太太；她从弗朗茨的左臂边上赶快把两本护照递上去；弗朗茨对他太太笑了笑，因为他的胳膊肘不小心碰到了她。对，特别是那个微笑。当我觉得我狂跳的心脏就要把我快马加鞭径直送到死神那里去时，他居然能做到这么随意又温柔地微笑。哪怕是对我的丁点儿想念让他的嘴角撇一撇或者眼皮动一动也好啊。他已经把我忘了。这个微笑像一个不能愈合的伤口那样在我的记忆里裂开着。从那以后，弗朗茨的太太对我来说就有了性别。

肯定是一种不同形式的爱吧，是一种能让人活下去的爱。我对阿特说。

没有这种爱的。世上只有一种爱，那种爱让你爱到死，阿特说。阿赡的事让我生不如死。当时，我在床头贴了一张纸条，上面写着："踢人的一定是我，被踢的一定是你。"我就以它为座右铭，至少在生活里是这样。在舞台上我体验了各种幸福和灾难，为爱情死过无数次，从周一到周五，有时周末甚至要死两次呢。对爱情，我知道的算是不少了。它要么以悲剧收尾，要么平庸无奇。而你呢，似乎是已经选择了悲痛欲绝的结局。

那你呢？

我不需要爱情，既不要悲剧式的也不要平庸的，完全不需要它，阿特说。

阳光透过敞开的窗子暖融融地洒进来，照在地毯上和家具上，落在我们身上。我觉得，我和阿特被裹在金黄色的光线里，就像琥珀石里的两只昆虫，背对背，小小的腿向不同的方向伸展着，却同样意外地死去。

虽然隐隐的哀伤就像药效还没有完全得以释放的安眠药一样麻痹着感官，可我感觉还不错。我觉得像我现在这样坐在阿特旁边，心甘情愿地让自己沉浸在一种非我莫属的痛苦中，一点儿也没有什么不好：那是种我命中注定的痛苦，或者说是我因它而生。我出神地想着弗朗茨这个名字，就像其他人想着上帝的名字那样。幸福、痛苦和解脱在我这里都化为这么一个词：弗朗茨。这种情况一直到今天都没有改变。

*

我独自坐在食肉植物中间，就在弗朗茨平时躺着的地方，把爱丁堡的市区地图摊开。从上午买的那两本书中的一本里，我读到，爱丁堡人口为四十五万两千人，也就是说比法兰克福人口少，但是多于波茨坦的人口数量。柏林现在是十点钟，那爱丁堡就是九点。到这个时候，他们一定是已经出去转悠过了，在皇家迈尔大道那里上上下下走了几回，从爱丁堡城堡逛到荷里路德宫，或者从荷里路德宫逛到爱丁堡城堡。明天——星期日，他们吃完早饭就会去参观博物馆。然而现在，他们正在老城区找饭馆吃饭，可能会吃比较便宜的中餐，也可能会满足于在小吃亭买个炸鱼配薯片什么的，然后，手里捧着装食品的袋子，利用省下来的时间去参观托布斯教堂，或者圣吉尔斯大教堂。就这样好了：在小吃亭买了炸鱼配薯片。他们用弗朗茨太太细心周到地从飞机上收藏起来的湿纸巾把油乎乎的双手擦干净。然后弗朗茨用胳膊搂住他太太那瘦削的肩膀——我看到过，她的肩膀窄窄的——她便依偎着他走路。接着，弗朗茨亲吻了下她的额头，随意又温柔，就像他在通过护照检查时的那个微笑一样。迎着他们走过来的是一个穿着深蓝底色缀有小白点裙子的女人。她长得很像我，但弗朗茨对她视而不见。再来一次：迎着他们走过来的是一个穿着深蓝底色缀有小白点裙子的女人。她长得很像我。弗朗茨止步回头看了她一眼，而他太太，肩上还搭着他的手，继续慢慢地往前走，就这么往前拖了他几步。

我在自己家里寻找着西北方向。就像穆斯林祈祷时要对着麦加一样，我跪在床上，额头对准苏格兰，把一只手放在地图上标出的“爱丁堡城”上面，然后闭上眼睛。弗朗茨，我喃喃自语道，弗朗茨，接着便把我心里认可的东西发送了出去。它经过柏林上空，穿过布兰登堡州和梅克伦堡州，越过北海，最后到达了苏格兰的爱丁堡。而此时，弗朗茨和他太太正坐在一家酒吧里，他面前放着吉尼斯啤酒，她面前是橘汁。就在那里，我发射的信息应该击中了他。我乐于相信我曾在书中读过的所有关于生物波和心灵感应的现象。毕竟我自己也曾被人把脑电波给关掉过十五分钟呢。如果电流信号经过世界各地的天空就会找到通向接收者的途径，为什么我的爱情之波不能找到弗朗茨？弗朗茨正在让他太太注意酒吧那从来没有油漆过的木质护壁镶板和那些用淡黄色的羊皮纸遮住的壁灯，那些东西使他颇有感触地评论起德国、战后那段时间以及那时与传统决裂的现象。这时，一道看不见的心灵之波击中了他胸口正中的地方，使他不得不沉默下来。有好几秒钟他想的、说的都是我的名字，因为他现在看到了栩栩如生的我，听到了我的声音，就像我读到的那个俄亥俄州的女孩听到了她爱人的声音一样。当时他两腿摔断掉在岩缝里，不断地呼喊着她的名字。正是因为她听到了呼唤才使他得以脱险。

在那之后，按说我必须离开他们两人了。我应该在电视里寻找熟悉的侦探面孔，比如，科杰克、德立克或者可伦坡。我也可以给阿特打电话，告诉她，我相信自己现在真的变成了疯婆子，因为我把额头对着苏格兰的方向，嘟嘟囔囔地念着咒符，还认为弗朗茨可以听到。直到今天我还在问我自己，如果那天晚上以及他们旅行期间的那几个晚上我没有尾随进入他们的旅店房间，我和弗朗茨之间的故事是不是会有个不同的结局？弗朗茨也许在那个秋夜不会永远离开我？

但是，我尾随着他们。我看着他们脱衣服或者洗澡，看着他们全裸或者半裸着身体在窄小的旅店房间里来回走着。弗朗茨洗澡的时候，我观察着他太太，看她怎样收紧小腹上的肌肉，把手平放在肚脐和阴部之间，从侧面打量自己。她不像是在自我陶醉，而像是在用眼睛整理着自己身体的样子，就像是她在审视穿上某条裙子在胯部那里会不会太紧了一点儿。我强迫她一遍又一遍地脱下衣服，好让我自己一而再、再而三地为看到她的裸体感到恶心。她属于那种因为骨盆太宽所以两腿分得太开的女人，胸部很小，好像含苞未放就凋谢了的花朵。她的身体既说不上特别好看，也说不上特别难看，我从来也没有探究出为什么它会让我产生一种本能的厌恶感。岁月的痕迹，如同留在我身上一样也显露在她的身体上。按理说，我应该同情她，也因为同病相怜更该宽容才是。然而，并不是由于她身体的不完美和开始显露的衰老标志，而是它的异体性让我对它愤愤不平。它有着一个女性身体所具有的一切，乳房、浓密阴毛下笔直的闭合线、大腿之间那湿润的阴道口，就是通过它弗朗茨在夜里进入她的身体，而我在看着他们。她的身体与我的别无二致。尽管如此，我拒绝承认她的身体和我的身体有着同样的性别。

我不得不第一次这样看着他们，看着弗朗茨俯身跪在她面前，怎样小心翼翼地把她的睡衣从头顶上脱下来，而她就像个孩子似的听凭他摆布。当一切迹象表明，没有任何对我的记忆会阻止他像进入我的身体一样进入她的身体，他也无所谓究竟是谁叉开双腿去接纳他那贪婪的阳具时；当爱抚的动作已经无法停下来，那一刻注定要发生时，我等待着他对我最后的背叛——他和她做爱，就像和我那样。我抱住弗朗茨在我这里盖过的毯子，仿佛抱着的是弗朗茨的身体。我把毯子放到两腿之间，把脸埋到还存留着弗朗茨气味的枕头里，看着他苍白的身体怎么在一个女人身体上起伏着，她的呻吟声如同她的身体同样让我感到厌恶。在弗朗茨对他的金发太太自小腹上下的猛烈冲撞中，我把一只手压住私处，突然大叫起来。

周二的时候，弗朗茨从纽卡斯尔打来电话。我问他，他们是不是在周六吃过炸鱼配薯片。

弗朗茨说记不清他们是在周六还是在周日吃过炸鱼配薯片。

你和她睡觉了吗？我问道。

没有，弗朗茨说。

既然你已经和她做爱了，至少别骗我。

我们今天一整天都在哈德良长城上。

你们，你们！我并没说你们两人今天做爱了。

长城那里每隔一英里都有一个小堡垒，每隔五百米就有个塔楼，弗朗茨说。

弗朗茨，我说，弗朗茨，如果你今晚又想和她做爱的话，你必须得想着我，这样你就做不了。你那该死的玩意儿就硬不起来。

弗朗茨沉默着。我向他道歉，发誓说我这一辈子还从来没有说过这么粗俗的话。如果我记忆无误的话，到那时为止我说的确是实情。

有那么一会儿，电话那头除了弗朗茨的嘴唇吸着烟斗的声音，再没有其他声响。然后，他告诉我，哈德良皇帝的传记作家把长城这堵墙称为罗马人和野蛮人的分界。

我们又沉默下来，大约浪费了半个英镑或者整整一个英镑的电话费之后，弗朗茨说，他会再打电话的。我问什么时候，他说，过几天吧，然后就挂上电话，消失在“纽卡斯尔”那个词的后面。

泰恩河畔的纽卡斯尔城位于哈德良长城的东端，西端是卡莱尔城。两者之间比较大的城镇是考而布里支、赫克塞姆、海顿桥、海里特维索及布兰姆普屯。旅游手册在纽卡斯尔名下列有七个旅馆。我把它们的电话号码抄写在一张纸条上，放在电话旁边。我不清楚我想对弗朗茨说什么。我只知道，在他眼里，我是个野蛮人。居然因为那一句话，他就把我划入“野蛮人”之列；而为了防范我，那些变成文明人的罗马人如弗朗茨和他太太则必须借助那堵墙来保卫自己。

我也想到过，假使鲁莽冒昧地把电话打到他们夫妻下榻的旅馆房间会面临什么样的危险，但它不足以让我放弃那种立刻要向弗朗茨指出他的错误，告诉他我不是个野蛮人的迫切愿望！我想象着他可能对我们的谈话反感至极，并由此对那位长着一对小脚丫的金发“帕勒贝格小姐”心生感激之情，认识到只有这个女人才是他那个“文明世界”的真正知己，因为他已经开始后悔曾经神魂颠倒地爱上了我——一个野蛮人。一想到这些，我对自己将要做的事情完全丧失了最后的理智。纸条上前两个旅馆的价位太高，我先把它们排除在外，不打电话。在这之前我还从来没有往英国打过电话呢。听筒里那种拨号后传来的“嘟嘟”“嘟嘟”的异样声响让我充满希望，似乎两个心照不宣的人在打招呼，让我感到弗朗茨离我并不遥远。一个女声跟我说了些什么，我只听懂了最后两个音节，似乎前面几个词的意义都悦耳地注入了这最后两个字里：......help you？[①]

Excuse me，I want to speak to Mr.......[②]这句话我事先写在了纸条上的电话号码下面。

在我等待回话的时间里，除了听到电话那端有人轻轻地敲

① 意为：“……帮您？”——编注
② 意为：“打扰了，我找……”——编注

打着电脑键盘的声，我还贪婪地倾听着纽卡斯尔旅馆门厅里所有支离破碎的响动。接着我听到电话那端传来了英格兰式的和蔼可亲，有遗憾的语气还有几个词比如“sorry”“not”[1]。我于是得出弗朗茨不在那家旅馆的结论。

搜寻的无果使我要找到弗朗茨的热情越发高涨。我必须得说出“我不是野蛮人”那句话！弗朗茨躲在那遥不可及的地方，而我被抛弃了，被那个唯我所属的弗朗茨所抛弃。这些足以让我压抑住其他任何想法，让我觉得自己现在已经陷入濒临绝望的境地。

我七岁或者八岁时，父母要去参加一个生日晚会。因为我没有打扫自己的房间，为了惩罚我，他们把我独自留在家里，就那样把我锁在了公寓里。而我直到今天都在问自己，为什么他们不担心我会跳窗而逃呢？我们那时住在四楼啊。我大叫大喊，放声哭闹，抽噎得浑身颤抖，差点儿没窒息。我让自己横躺在房门后，透过信箱的那条窄缝向楼梯间哭诉他们对我的遗弃。我父母很晚回来的时候，发现我在门后睡着了。

当最后一个我查找的旅馆门房也用“sorry”开头回复我时，我就对着话筒喊道：我不是野蛮人，纽卡斯尔的人都必须知道这点，特别是那个从德国来的叫弗朗茨的男人必须知道这点！旅馆门房已经放下电话了，我还在继续咆哮。接下来的几天里，我顺

---

① 分别意为“对不起”“没有”。——编注

着哈德良长城沿线的所有城市寻找着弗朗茨。有一次，我在海顿桥找到他了。“One moment，please.”[①]前台的接待员说。在弗朗茨或者他太太可能拿起听筒之前，我挂断了电话。尽管如此，在这之后的几天里，我还给旅游手册列出的在海里特维索和布兰姆普屯的所有旅馆打了电话，但是，我再没有一次找到过弗朗茨。

在弗朗茨原定计划回来的两天或三天前，阿特请“偷狗行动”的参与者吃晚饭。她说，我的造访使她动了念头，要去寻找那个时期的朋友，她至少找到了吉格琳德和莱纳尔。阿特说，非同寻常的是，这两个人和我相似，也处于内外交困的境地：吉格琳德还在苟延残喘地忍受着，而莱纳尔的情况则是咎由自取。总之，她担保这将是个奇特的晚会。

阿特端上桌的是俄式卷心菜汤。她说，她以前也为我们做过这道汤。我们围坐在桌旁，像刚刚返家并且疲惫不堪的战俘，每个人都在其他人的脸上探究着自己的年龄。吉格琳德伸出细细的手臂去拿汤勺，胳膊内侧青筋凸起，呈蓝色的静脉血管粗粗的，像蚯蚓一样扭曲着。自从半年前她丈夫离开她以后，她暴瘦了三十斤，体重只剩下八十五斤。所以，这么好喝的汤她一定得再来一碗，她说。尽管吉格琳德的身体突然一下子失去了很多肌肉，在她的皮肤上留下了过多的皱纹，她那消瘦的身材穿上柔软飘逸的夏裙，却让人觉得她更像个尚未发育成熟的少女，而不是

① 意为：“请稍等。”——编注

一个上了年纪的女人。她告诉我们，她丈夫的青春之爱有一天突然出现在他们家门口。当年，十八岁的女孩蕾娜特和她父母突然在一夜间消失，逃到了西德的汉堡。后来，蕾娜特嫁了个瑞典人，一直住在瑞典的哥德堡。刚开始吉格琳德对蕾娜特的出现只是感到高兴，即使她丈夫和蕾娜特常常见面，蕾娜特甚至在柏林租了套小小的公寓，她也一直毫不猜忌。只是让吉格琳德惊奇的是，自从这个蕾娜特出现以后，她丈夫对她——吉格琳德——重新燃起了久违的性爱激情。为此，她对她——蕾娜特——甚至感恩不尽，虽然她有时能明确地感觉到，在自己丈夫那种强烈的性渴望中有绝望的成分。现在，吉格琳德当然知道，他那时是在尝试着通过她来满足自己对蕾娜特的热望，或者把热望像一个被移植的器官一样转嫁到了她的身上。但无论是哪一种情况，她丈夫不再是为她激情膨胀了。有好几个月，吉格琳德都感到这是他们婚姻中一段艰难但富有活力的时期。然而不久，她丈夫就坦白了他爱的其实是蕾娜特。于是，平时在家庭生活中拍板主事的吉格琳德做出了决定，让她丈夫搬到蕾娜特的小小公寓去，以此让他炽热的感情先平稳下来，这对三方都有好处。

你们懂吧，吉格琳德说，当时我想，我们必须赶快解决这件事，就像做个手术。她笑了起来，仿佛有人刚给她讲了件好听的事。阿特和莱纳尔也跟着笑，而我却在我一向都很喜欢的吉格琳德身上寻找她和帕勒贝格小姐的相似之处。

他还问我呢，问我是不是真的觉得他搬到蕾娜特那里是静说，她现在还得再弄明白一件事：二十年了，她腿上的湿疹一直都在折磨她。但是这半年以来，湿疹和她丈夫一样消失了。为什么呢？

我相信，吉格琳德当年在为人处世上就是个比我更好的人。我对她哀伤失去的丈夫颇有微词，而她却没有像我对她那样过多地指责我爱上了弗朗茨。如果她今天还活着，她还会是个比我更好的人。她会关心她的孙辈和重孙辈。如果她还有力气，会去帮邻居买东西、做饭，而我对自己女儿的印象却很模糊。如果不是偶尔听到墙那边有音乐和有人说话，我根本不会知道隔壁的公寓是住着人还是住着耗子。我这一辈子太过于相信自然天性，故而做不了好人。我赞美大海本身，却从来无法做到更深刻地去欣赏一幅临摹大海的油画，即使它出自名画家克罗德·洛林之手。对我来说，大自然以及居于其中的人类永远是不可超越的艺术作品，更不用说自然界的鬼斧神工了。如果不是在自然中已经存在着类似的参照物，再有天赋的结构工程师也不可能还原出布氏腕龙的骨骼。其实，一切都是对自然的模仿，从插座到微型晶片都只是模仿，甚至车轮也是如此，没有圆就没有车轮。

一直到今天，看到动物流血，我还会时时感到惊恐，并且立刻联想到在我们的身体里流淌的是同样的液体，我们出生时都拴在脐带上，而且都是以同样的方式受孕。微观世界本身就是个奥秘。我从来就不能忘记自己身上的兽性。我年纪越大，文明对我的慰藉就越小。这并不是说我蔑视过文明，这就像当我们的牙齿都掉光了以后，我们自然不能轻视假牙套一样。

在关于我们体内的兽性部分究竟有多少价值这点上，我和弗朗茨从来都不能统一观点。这让我觉得很独特，因为我一直觉得单是从身体的强壮和残留的毛发来看，更主要的是从他们明显的性冲动倾向来看，男人体内的兽性成分总是大于女人的。弗朗茨不同意我的观点。他观察过，女人的性冲动是通过生孩子来体现的。此外，那些所谓“多毛的、肌肉发达的性冲动者”对文明发展的贡献要比那些有着粉红桃子一样肌肤的女人大得多。对此没有什么好反驳的，这大概也解释了为什么弗朗茨对这一套已经建立起来的文明习俗不像我那么疑虑重重。

吉格琳德属于那种能把每件东西、每种情况都回归到自然的人。她把自己生活中所有的事物都当成是上天赐予的生命。就像燕子飞来飞去，在树枝和草丛之间的什么地方找到录音机的磁带来筑窝一样，或者又像养在公寓里的猫儿，因为没有粗糙多瘢痕的树桩就会把家具当作替代品来磨快自己的利爪一样，吉格琳德这类人，无论是在富有东德特色的板楼里还是在小黏土屋或者宫殿里，都能同样为自己和幼兽找到洞穴。街道在他们眼里自然朴实得像是林间小路，而从超市冷冻柜里拿出的一块真空包装好的冻肉则被当成刚刚猎获的野味带回家。

也许在乡村里长大的人学会了遵循另一条更强有力的法则，而城市的孩子一旦能睁眼看世界，被妈妈用童车推着穿过街道，就会经历生活的多变和反复无常，经历那完全是由人主宰、没有上天相助的生活。我出生在战争期间。如果战争一直持续下去，而我则在它结束之前过早夭折的话，我也许会把战争当成生活中自然而然的事，就像汉兹和我把被毒死的老鼠看成普通的玩具一样。后来，我像大多数人一样非常害怕老鼠。但是，也许吉格琳德也怕过老鼠吧。

在弗朗茨将从哈德良长城回来前两三天的那个周六，如果不是吉格琳德和我在阿特家又重逢了的话，我可能早就把吉格琳德给忘了，也就不会对她的不幸那样幸灾乐祸。我那样做完全是因为我不高兴看到弗朗茨太太在享受快乐。

天晓得我们为什么会记住一件事却忘了另一件事？也有可能是，我对吉格琳德之所以记得这么清楚，是因为如果没有她的参与，也许就不会有我和莱纳尔之间那样疯狂的默契，弗朗茨也许就不会因此而离开我了。

我们在阿特家聚会的几个星期前，莱纳尔刚刚结束了十五年的婚姻，离开他们在巴特洪堡的家搬回柏林。他说，其实没有什么特别的理由，也许就是因为一直到那个不寻常的时代结束时，他都认为自己绝对不可能离开自己的妻子安珂。安珂来自西德的杜塞尔多夫，在西柏林上大学的时候和莱纳尔相识，并把莱纳尔从柏林墙后面的囚徒生活中解救出去。安珂把祖母给她的遗产作为资金用于委托一个“出逃援助”组织，请他们把莱纳尔作为过境的行李放在奔驰车的行李箱里从柏林运到汉堡。安珂准备了好几瓶冰镇香槟汽酒和一大碗产自碧苏的鲜虾，在汉堡一个女友的公寓里等着他。他俩原来是在一个生日晚会上认识并相爱的。莱纳尔说，事后他觉得，当时那个非常渺茫的出逃希望却在很大程度上影响了他对安珂的爱。起码只有她具有那样的能力能够把他从东柏林弄出去。这使得安珂，如莱纳尔所说，在他眼里比其他所有的女孩子都漂亮，她的声音更让他燃起希望，举手投足更让他着迷。

时过境迁，当最初的激情让位于更像兄妹一样的情感时，莱纳尔出于感恩的心理，压抑着自己偶尔萌发的要离开安珂的念头。如果他的自我怀疑成立——他怀疑自己爱上安珂的主要原因是她具有能够把他救赎出去的潜力——那他待在安珂身边这么多年就有了些以身赎罪的意思。莱纳尔说，我一直等到那天，一直等到那个不寻常时代结束的那天。从那以后，即使没有她，我也是自由的；在那之后，我不再亏欠她什么了。现在我自由了。

那安珂呢？阿特问道。

是啊，安珂，莱纳尔说。他用不太自信的目光扫了一下一言不发、正盯着自己眼前空汤碗的吉格琳德，然后瞄了我一眼，在我这里得到了他在寻找的赞许。祝你好运，我说。

每个人的故事都是我的故事。安珂和莱纳尔这一对如同弗朗茨和他小巧的金发太太一样，都是人为造成的夫妻错配，毫无存在的必要。安珂用手段拐走了一个并非命中注定属于她的男人。就像不寻常的时代在我和弗朗茨之间修建了一堵墙，使得我们以前无缘相识一样，肯定在我周围的什么地方也有某个女人只好过着没有莱纳尔的生活，这都是因为安珂把属于那个女人的莱纳尔抢走了，用她祖母留下的遗产把他买走了。如果安珂现在不幸福，那只能是因为几十年来她的幸福是靠欺诈得来的。当时我就是这么想的。

莱纳尔开车送我回家。他在一家广告公司或者是音像公司还是旅行社工作，显然收入不错，可以把钱浪费在毫无必要的高档汽车上。从他的外形来看，他要么运动，要么经常慢跑。

我问他是否还记得我们当初是怎么拐跑帕西法尔的。

他说，除了利用汽车行李箱逃跑的事，诱拐帕西法尔是他这辈子干得不能再棒的事了，只可惜于事无补。

我觉得，我好像没有告诉过他关于汉斯－库尔特·万尔博士的死讯。

你还会继续干偷狗这样的事吗？他问我。

现在可能又会了，我说。

在柯勒惠支广场边上的酒吧里我们又喝了杯葡萄酒。那里面除了我们，看不到任何年龄在三十岁以上的人。我想起了弗朗茨。和他在一起我之所以从来没有觉得自己老，是因为我们两人一直都是独自待在我家的。当我在酒吧里坐在莱纳尔身边时，我就这么一直思念着弗朗茨。我想起了弗朗茨的皮肤，他皮肤的温度很特别，或者有种与众不同、让人说不明白的地方。只要弗朗茨一碰到我，我便立刻陶醉在无言的幸福之中。当年，我那刚出生的女儿一被放到和体温相同的水里后，马上就停止了哭闹，默默地用她那还是半盲的双眼极其满足地看着世界。那肯定是她回忆起在母亲的羊水里感到安全的时期了。在弗朗茨的拥抱里，我想起了什么呢？我不知道，也许是天堂吧。

半夜一点了。在卡莱尔或者布兰姆普屯正是午夜十二点。弗朗茨正躺在床上睡在他太太身旁。弗朗茨赤裸着身子，一只胳膊搭在他正在熟睡的太太身上。两个或者是三个小时之前，他肯定用双臂把她搂在怀里了，他肯定亲吻了她的眼睛、嘴唇、她小小的乳房。然后，也许脑子里同时匆匆地想到了我，他用膝盖撑开了她的双腿。我问莱纳尔想不想去我那里。其实，我肯定会觉得自己都这么大年纪了，居然还随随便便就跟一个几乎不相熟的男人上床，至少我肯定会担心，那个男人会觉得我太老了。然而，毕竟我和莱纳尔在还年轻的时候共同拐走过一只狗，而且，可能起了决定作用的是，那天晚上，我们两人心心相印，结为同盟，无所顾忌地追求快乐。我已经宣布了莱纳尔有权离开安珂，他明白那是为什么。后来，我除了能感觉到莱纳尔不是弗朗茨，再没有其他感觉。我拥抱莱纳尔的快感只能是这么一种快感：我终于做了这件事。在弗朗茨赤裸着身体躺在他太太身边的时候，我做到了赤裸着身体躺到了另一个男人的身下，我也终于做了弗朗茨每晚都对我做的事情。我想象着要怎样告诉弗朗茨这天晚上所发生的一切。

*

自从从纽卡斯尔打过电话之后，弗朗茨音信全无。而我几乎没有离开过公寓。可能是我休假了，或者是请了病假。我一小时又一小时地坐在电话机旁，守候着。

等的时间越长，我越是频繁地想象着，如果弗朗茨又掂量着脚步，像跳高运动员助跑时不能错过最佳起跳点那样走进我的房门，会出现什么情况？越是这样想着，我就越不相信弗朗茨会回到我身边来。即使是这样，除了等待着他的归来，我没有做其他任何事情。

在弗朗茨事先说过要回来的那个周日，我没起床。那一天让我感到危机四伏，我只好躺在床上，把自己裹进鸭绒被里才敢向它们“不战而降”。我既害怕重逢又害怕不再相见。我知道，我们之间有些东西已经结束了，再次相见无非是还要确认一下这种关系的完结。我心里明镜一般，却仍在掩耳盗铃。那些个夜晚，那些在纽卡斯尔、海顿桥、布兰姆普屯和卡莱尔的夜里发生的事情，我看到的太多了。

我给阿特打了个电话，或者是阿特给我打的电话。她说，在考虑了我的事以后，她想告诉我，无论我指望从那个男人那里得到些什么，我都不会得到。因为没有人在地球上可能从任何人、任何事那里得到这些东西，所以我也不可能从弗朗茨那里得到。

可是，阿特又知道什么！她二十或者三十年前在床头贴了张字条，上面写着她不愿意再被人踢来踢去了。如果阿特一口咬定，有些东西我们在地球上根本不可能得到，但事实与她所言相反的话，那只能说明阿特自愿放弃了这一切，以躲避别人踢过来的那几脚。

我一言不发。从电话那端我能听到从背景噪声分剥出来而变得更加清晰、更加令人讨厌的咀嚼声。我不由得火冒三丈。

你在吃什么呢?

一块鸡肉……

你不觉得边吃鸡肉边教育我爱情是如何可笑，让人很恶心吗?

我从来没有说过“如何可笑”这样的话。

但是你这么认为了。你的意思是，伟大的爱情需要富有弹性的皮肤和优雅的青春。像我这样的老婆子最好自重点儿，因为爱情的基因只是为了传宗接代才被输入到我们体内。因此，我这里充其量也就是在幻觉里追忆爱情。而且，哪个男人爱上了我这么个大妈，那他一定是心理变态或者是企图骗取遗产。但这对我来说纯属无稽之谈，因为我这里完全没有什么可以继承的财产。这就是你的意思。

阿特笑了起来。这是你的意思，因此你就认为其他人也是这么想的。

有时候是这样，我说。

我纳闷的是，究竟什么会驱使成年人自愿为奴。也许你害怕自由。

阿特，我说，世上不仅仅有彭忒西勒亚这样的角色，还有谦卑恭顺却同样百折不挠、来自海尔布隆的小凯蒂。殊途同归的是:“……不赢得你毋宁死。”这句台词我可是从你这里学到的。

我还是要告诉你，你赢不了的。

那你呢？你赢得了什么？

至少我不会让自己失去理智。

你不该和热恋中的疯子争什么高低。

这是谁说的？

是句俄罗斯谚语，而且，我在等弗朗茨呢。

阿特说，爱情很明显是个信仰问题，另一种形式的宗教狂热。而我说，爱情是大自然残留在我们身体里的最后一点儿痕迹。所有那些人为的规章制度都只是为了驯服爱情。我对阿特说，自从我爱上了弗朗茨，我就不必再每天问我自己，活着是为什么，哪天非死不可又是为什么。

你只怕变老，阿特说。

我不记得我们的谈话是如何结束的。估计是因为我在等弗朗茨，不想让电话占线，所以中断了谈话。阿特所谓的“爱情是个信仰问题”让我思绪不断。也许阿特是对的，任何对我们自身原始天性的肯定都是个信仰问题。但是，如果有人否认自然力对人类的作用，那他在生活中所能呈现的也不过就是个愿望，和一个伪装成没有信仰的信仰。

下午三点，弗朗茨打来电话，比我预料的时间提前了一小时。一直到这个时候，尽管热得要命，我还是躺在床上，把自己埋在鸭绒被下面，无数次地体验着每次都总是能让我解脱的十秒钟：过道、门、弗朗茨、弗朗茨的手臂、嘴唇、他的皮肤。然后再重新开始，穿过过道、来到门口、弗朗茨急促地迈进公寓、弗朗茨的手臂、他那湿漉漉散发着暑气的皮肤。我在脑海里寻找着在这之后的场景：弗朗茨和我坐在桌旁，弗朗茨拿着吉他，弗朗茨和我在食肉植物之间；或者我寻找着句子，我们会说些句子，至少会是些字词吧。然而，取而代之、一再重复的场景是：过道、门、弗朗茨、皮肤。我变得不知所措。

下午四点，他来了。尽管之前我已经一百次地看见自己穿过过道、飞奔到门口，可现在我走得却是这么缓慢，仿佛我根本不想挪动似的。弗朗茨从包装纸里拿出花束，是蓝色的蝴蝶花和春白菊。他看起来像是个度假归来之人，晒黑了，一副轻松的样子。他的笑刺伤了我。他就那样笑着，似乎他不是那个让我受了两个星期煎熬的人；似乎他不是那个把我留在了柏林，心甘情愿地跟另一个女人去了哈德良长城，然后就像他平时对我那样，一夜又一夜地沉醉、沉浸在那个女人身体里的人；似乎他不是那个把我叫作“野蛮人”，而且在那之后就再也没有跟我联系过的人。现在他居然笑着，笑得像是拯救我的上帝。

我把花放进水里。弗朗茨坚持要我先把花茎的末端斜着剪一下。我拿来葡萄酒和杯子。我们没有拥抱。我问自己，假如我主动问弗朗茨他现在身体怎么样，我该怎样应付他的回答。他会尝试着解决我们目前的矛盾，或许会说，哦，现在我又好了起来。好让我从中得出结论：没有我在身边，他之前过得很不开心。或者他会说，我原以为，我感觉不错。他的意思是：他曾很高兴地期待见到我，但是面对我满含责备的冷淡态度，他发现他先前所期待的快乐毫无根据。他的第一个回答对我来说是个谎言，因为弗朗茨并没有中断旅行；因为他并没有每天给我打过电话或者写过信；因为他看起来很健康轻松，而不是像我这样被折磨得脸色苍白。而且，因为我知道了这次旅行的太多内情。他的第二个答复会让我火冒三丈，因为他把我们之间的不愉快归咎于我。他也许会说，这次旅行玩得很好，会乐意向我描述从爱丁堡经过纽卡斯尔到卡莱尔的路程，而我早就对这些知道得一清二楚。总之，没有任何回答是我可以容忍的。

弗朗茨填着烟斗时，呼吸中带出不知所措的声响。也许他也在评估问些简单的问题，会带来什么样意想不到的风险。你好吗？不好。为什么呢？这是他接着必须问的。

在弗朗茨开口之前，我们沉默了很久。他说，他甚至连箱子都还没来得及打开，就马上用了一个有破绽的借口来看我了。虽然我明白，弗朗茨把这句话像条绳子扔下深渊，这样我就能借机拉着爬上来。但是，实际上这句话他也是不能说出口的，因为让我难以忍受的是，他需要撒谎来看我，而且有这么个人居然有权索取这个谎言。难道要让我赞赏他的说谎技巧，以表示接受他隶属于那个娇小的金发女人吗？这对我是个非常过分的要求。

我说，估计这会儿她已经把你的箱子收拾好了。一听这话，弗朗茨站了起来，用灰白色的目光看着我，把夹克搭到肩上，向门口走去。直到这时，我们才拥抱在一起。

那是我们第一次陷入无法交流的境地，这就像我们脖子上有个活绳套，我们越企图挣脱，它就勒得越紧。我已经预感到临近的危险，却依然我行我素，推波助澜。自从五十年或者十五年我独坐在这里以来，我一再扪心自问，为什么我不能容忍弗朗茨到哈德良长城去旅游，就像忍受一个阴雨绵绵的夏天、一种疾病，或者任何一件让人不悦之事呢？或者就像我以前容忍他半夜十二点半从我床上起身，去另一张床上躺在另一个女人身边入睡那样呢？然而，也许即使没有这次旅行，这一切同样会发生，也许那纯粹的感恩时期已经过去了，至少这是目前我给自己的解释。纯粹的感恩时期是爱情的最初阶段，大概每场恋爱都是如此吧，这个时期有个人能成功地改变我们。所有那些我们所希望具有的品格，或者那些我们早就知道已经潜藏在我们体内、尚未被发掘出来的品格，从我们热恋的那瞬间起，就会遮盖住其他我们平时所习惯表现出来的性格特点。我们像换了一个人似的，变得更漂亮、更温柔、更聪慧。我们从怯懦、妒忌中解脱出来，觉得自己能够原谅我们最可恶的敌人。我们用自己的幸福每时每刻照耀着每棵树和每条街道，惊奇怎么以前没有发现它们的美丽。我们让自己和天、雨、风合为一体。终于，我们可以和这个世界建立起一种若即若离的关系。

自从我遇到了弗朗茨，有一首诗如同我的心脏一样，在我的胸腔里跳动了好几个星期，“就这样，仿佛天公静静地亲吻了地母 / 在花影婆娑中她梦见了他 / 我的灵魂展开双翅 / 飞过辽阔的土地，恍似飞回故土”。我们对那个用魔法把我们自己变成一直想变成现在这个样子的人充满了感激之情，甚至到了我们会把所有的一切都倾囊相送的地步。我们想无条件地臣服于他。为了他在我们身上所创造的奇迹，我们甚至愿意献出自己的生命。我们并不过问，为什么能使我们变化的人恰恰是他，但确实就是他。我们改写自己的生活，因为生活在时过境迁之后，才向我们指出它自身所抱有的目标，那就是“和他邂逅的那个瞬间”。我们之所以私下里把他叫作“造物主”，是因为我们把自己内心所感受到的东西看成是神性的。自从这些年我把能想到的有关爱情的东西都思考过了之后，我觉得，这种对爱情的神圣感才是我们力所能及的、最真实的感受。

这样的感恩阶段会持续到某件小事突然出现。虽然它无足轻重，却足够让我们惊恐，认识到自身的无助和脆弱。一次毫无理由的约会迟到、一个迟迟未打来的电话、一张偶然发现的照片。这时就开始了热恋中惶恐不安的阶段。我们认为自己被背叛的那个时刻，足以使我们意识到目前的处境是我们最最担心的。有人会觉得自己好像踮着脚尖，站在铅笔尖那样细的巅峰上，几乎和地面没有接触，手向空中抓去，一点儿微风就可以把他吹向深渊；还有人会觉得自己遭到判决，不得不在像大教堂那样高耸入云的游泳馆里又湿又滑的瓷砖上行走，每走一步，就在肉眼看不见的旁观者们轰然的嘲笑声中跌倒一次。而我自己却身处一个圆屋子里，里面一百个房门都紧锁着。我们每个人都会被噩梦惊扰，只好听任忧虑和猜忌的摆布。

但是，那个情人，他来了，尽管来迟了，他还是来了。那个迟迟没有打来的电话据说是电话坏了的缘故，那张偶然发现的照片其实无关紧要。我们所担心的并没有发生在我们身上。然而，那种担心会发生变异的猜疑却再也挥之不去了。当弗朗茨告诉我他得出游时，预言实现了。

一直到我明白弗朗茨再也不会回来以后，我才可以重新感激他。从那以后我才又有了选择的余地。这些年来，我除了坐在公寓里发自内心地爱着弗朗茨，别无他求。甚至当我为弗朗茨哀伤哭泣时，这样的日子，加起来若没有好几年，起码也有好几个月吧，但这一切我都心甘情愿。

*

弗朗茨像只皮肤苍白的动物优雅地躺在食肉植物中间。如果我抚摸他的皮肤，我感觉到好像是在抚摸我自己一样。有时候，我不能区分我和弗朗茨究竟谁是谁。

我是个野蛮人吗？

我不知道，也许吧，他说。

所有的非罗马人都是野蛮人吗？

对罗马人来说，所有的非罗马人都是野蛮人。

那你是罗马人了？

是啊，那是当然的咯。

难道我不是吗？

我不知道，也许你算半个罗马人吧。

弗朗茨不清楚，划分罗马人是以父亲还是以母亲的血统为准。但他认为，要想成为罗马人，只要像他们那样行为举止就够了。

有好几个小时我们俩都完全沉迷在探索和揭示彼此肉体的奥秘中。我们竭力向对方表明，我们之间的爱是多么独一无二。弗朗茨说，除了他的青春之爱，他没有像爱我一样爱过其他任何女人，也许都没有这么爱过他的青春之爱。而我对弗朗茨说，没有他我就不想活了。让弗朗茨颇为感慨的是，我们能不害羞地说出那些平时说不出口的陈词滥调，而且居然对此深信不疑。我亲吻着弗朗茨肋弓下方和髋骨之间的凹陷处。他那里的皮肤像小姑娘的皮肤一样柔软光滑。我想知道，为什么在他的眼里我是个野蛮人。

假如不是文化差异这个概念被普遍用来解释两类人之间存在的相互误解，弗朗茨对于哈德良皇帝传记作者的评论也许不会那么打动我。这里所谓的第一类人是指那些被强制生活在不寻常时代的人，第二类人是指除此以外其他所有的人，而现在两者却突然要共同生活在一起。那些没有在不寻常时代生活过的人，常常会把那个时代想象成一个类似时间空洞的东西，认为掉到里面的人几十年来错过了世界的进程。面对着我们博物馆玻璃穹顶下我那个巨大的盟友时，我自己对于这种论调并没有特别在意。这主要是我认为，甭管他们自己到底隶属于哪一类人，那些令一类人为之扬扬得意、另一类人却觉得难堪的差异小得可怜，几乎不值得一提。

总之，那些差异并不比大城市和小城市居民之间的差别大多少，只是让人更不习惯罢了。我和弗朗茨之间的不同可以说是既源于他的小城市出身背景，又源于我在那个不寻常时代的生活经历。尽管如此，弗朗茨可能认为我身上欠缺的不仅仅是教堂歌曲的知识。在这方面，他更愿意从我那悄无声息、不引人注目的婚姻解体的背后，探究出基督教文明在那个不寻常时代的没落，就像我给弗朗茨唱那首斯大林赞歌的时候，他怀疑我总是在背叛着什么似的。我对他——弗朗茨——的忠诚，他并不看重，他看重的是我对自己丈夫的不忠诚。

我不喜欢回忆弗朗茨从哈德良长城旅行回来后的那段时间。回想那段时间发生的事让我疲惫不堪。这会儿我也感到很累。大多数情况下，我回忆到这里就不再继续了，我宁愿再从头开始。因此，我这部分回忆杂乱无序，也不是很准确，很多事情在发生的时候或者发生不久后我就忘记了。有些日子在我的记忆里只剩下一幅画面。弗朗茨靠着红砖墙，穿着一件深蓝色的衬衣，敞着领口，右耳上方有一小绺头发像一片羽毛那样竖起来。弗朗茨看着我，眼睛因为正对着太阳半闭着，食指伸出，指着上方。我甚至不记得他是要让我看一片云，还是教堂钟楼山墙上那三角形的窗户，只是记得他就这样站立着，那是个星期天。大概我们后来吵架了。是的，我很累，但这次是那种愉快的疲倦。

我不能再追忆出弗朗茨归来之后所发生事件的时间顺序，也觉得事件的前后顺序并不重要，就像当我们的房子连带着财产给烧掉时，我们的家具、照片、书籍还有其他所有使我们的生命物质化了的东西，是以什么样的顺序变成灰烬一样无足轻重。弗朗茨每周来我家两次，常常甚至有三次之多。因为我们博物馆的重组还没有结束，而弗朗茨负责其中的膜翅目昆虫部门，这使我们连星期天见面都有了说得过去、不会引起弗朗茨太太猜疑的理由。尽管如此，那曾经让我猝不及防、无法抗拒的幸福也以相同的方式变成了我巨大的不幸。自从弗朗茨在二十年或者二十五年之前和他太太一起去旅行以后，特别是自从我看到他是那样随意又温柔地对着她笑以后，我就怀疑弗朗茨是否真的爱我。我不断地要求他向我表白，但是，这种表白能安抚我的时间并不比弗朗茨说这话所需要的时间长多少。当弗朗茨刚刚说过他爱我，几分钟后我就又想听他说那些柔情蜜意的话了。如果那时我们好几个小时里一遍又一遍地向对方诉说着同样的情话，我可能是把它当成一种正常的谈话方式了。还有，更糟糕的是，面对弗朗茨表白爱意的情话，我或者报以哈哈一笑，讥讽并指责他在撒谎；或者回复说“哦？真是这样吗”。

我不能允许他再离开我，不能允许他再夜夜睡在那个娇小的金发女人身边，尤其是我们刚刚还像唯一活着的植物一样交错纠缠在一起过，他和我身上刚刚还散发出同样野性的气味，弥漫着汗水和精液混杂的味道，我的头发和皮肤刚刚还黏附在他的手上。他必须离开她，就像我离开了自己的丈夫那样，或者就像我丈夫悄悄地从我的生活里消失了那样，因为那时他已是孤家寡人，没有必要去离开什么人了。

我几乎无法入睡，脑子里挥之不去的是那个女人的裸体、叉开的大腿、毫无遮掩的阴部。

阿特认为我疯了。她说，弗朗茨毕竟不年轻了，再怎么高估他的性能力，她也不相信弗朗茨有能力在两个女人之间毫无节制地纵欲。

阿特说，你已经拥有了这个男人最好的部分。他爱你，他渴望你，他想讨你喜欢。你还想要什么呀？！难道你真想去给他熨衣服，容忍他的坏脾气，崇拜他的重要地位，做饭招待他的老板吗？你应该高兴，有另外一个人在替你做这些事啊。他在她那里过夜，但是他和你睡觉。

我要和他一起生活，我对阿特说。

我要和你一起生活，我也对弗朗茨这么说。然后弗朗茨说，是啊，要是能这样就好了。或者他说，我也想这样。他说这话的同时，一丝大局已定的神色掠过他那双清灰色的双眸，意思是说，在这个世界上，事情不以我或者弗朗茨的意志为转移。

弗朗茨是在一个没有父亲的环境下长大的。我们这一代人中的许多人在孩提时代都是在没有父亲的环境下长大的。而我，曾经有过父亲的我，则会对命运安排下没有父亲的那种生活感激不尽。

但是，弗朗茨没有父亲这个不争的事实却不能想当然地用“死之光荣”一说来维护。这件事本身有个污点，即战后如何生存的问题。二战爆发以前，弗朗茨的父亲一直在乌尔姆市的一所高级中学里教授希腊语和拉丁文。他并没有与家人永别在斯大林格勒附近的万人坑，或者失踪于西伯利亚的战俘营，而是消失在教授德语和法语的女教师露西·温克乐的温柔乡里。他曾被英军在战俘营短暂拘留，出来之后就搬进了那位女教师的公寓，以后还和她结了婚。没有人会相信那个一直都很严肃刻板、思想保守的男人会有此举——就像弗朗茨母亲所说的——“那种令人不齿的行为和罪行”。据说，弗朗茨的父亲在离婚时解释说：面对战友们动辄就被撕碎的躯体，看到大家在野兽般残忍的厮杀中毙命以及在等待随时随地都可能降临到自己头上的死神时，他不得不在心里抓住生活中一个有血有肉的形象，而这个浮上心头的形象竟是他年轻的女同事露西·温克乐。让他感到惊愕的是，这个形象不是他妻子，也不是他的孩子，居然是那个露西·温克乐。在那之后，他给她写了信，她也回复了他。他给自己立誓，如果他能在这场战争中幸存下来，他一定要追逐自己生活中的幻象。他深感对不起妻子和孩子们。然而，他辩解道，他从他们那里并没有拿走太多的东西，拿走的不过是他们在那六年里几乎每天都要失去的一点点东西。

可他说的不符合事实啊，弗朗茨说。那个年月，很少会有人同情他母亲遭遇到的这种不幸。甚至连凶暴酒鬼的遗孀，只要她刻意哀悼自己死去的丈夫，仿佛他死得其所，值得哀悼，她都可以在他死后抹消掉婚姻的痛苦。然而，一个自己丈夫战后归来却投入他人怀抱的女人，一个有着和平时期司空见惯的痛苦的女人，却既不属于那些丈夫得以返家团圆的快乐妻子，也不属于那些令人同情的军人遗孀。她甚至连穿丧服的权利都没有。

弗朗茨的母亲在一家日用化妆品商店当上了售货员。她不让任何人再提起他父亲。他们后来继承的那笔不多的遗产确保他们母子四人过上了中产阶级生活，这包括两个女孩的钢琴课和弗朗茨得以进入大学学习。

弗朗茨是三个孩子中最小的一个。他长得和他父亲非常相像，所以，当久不相见的亲戚看到他时，都会尴尬地把目光移向别处，然后悄悄地相互耳语或者无奈地叹息，而当母亲的则一天天目睹着那个像是和他父亲从一个模子里铸刻出来的儿子逐渐长大成人。那个曾是她丈夫的男人不仅仅让她遭受不幸，而且还让她公开受辱，这使得弗朗茨的母亲蔑视天下所有的男人。现在，她不无担心地看管着弗朗茨，以免亲生儿子同样堕落成毫无责任心的离经叛道之徒。家里的女孩子都得学着必须对每个男人怀有戒心，作为男孩的弗朗茨则时常被母亲用他父亲的罪过敲打着：别跟你父亲学！

她们钉着我，弗朗茨说，三个人都这样。只要她们三人当中有谁听到一个出轨丈夫的故事，吃饭时马上就会说起这事，还带着恐吓。我听到，多数时候都是那个男人不久就遭到报应，阳痿了，或者得了什么病，或者是那个新老婆被夺去生命，或者他们生了个有残疾的孩子。这样的人得不到保佑，每次我母亲说这话的时候都只盯着我一个人看。

丈夫没有回到她身边时，弗朗茨的母亲才三十五岁。弗朗茨相信她未尝没有机会，她却始终没有再婚。他父亲就住在离他们相隔几条街的地方。弗朗茨说，她母亲不想让那个男人甩掉罪责的包袱。她永远不愿意让弗朗茨的父亲相信，在遭受他带给她的那么多痛苦之后，作为女人她还能得到什么安慰。

弗朗茨第一次见到他父亲时已经是成年人了。

他当时和我现在岁数差不多。我觉得，他的样子也和我现在差不多。其实，我挺喜欢他的，但是，我还是没有原谅他。我父亲说，他一直想关心照顾自己的孩子，但我母亲不愿意，所以他选择尊重我母亲的意愿。我还记得他是怎么忙着装填烟斗的，也许这样他就不必正视我吧。几天以后，我买了自己的第一个烟斗。露西·温克乐给我们端来了茶。她把一只挺大也很有力的手按到我肩上说，她很高兴，三个孩子中至少有一个终于来看他们了。她笑着，眼里含着泪。我很喜欢她能这样，在笑的同时还能哭。

弗朗茨去了图宾根市上大学，只有周末才回到乌尔姆。他父亲则在六十岁生日前夕死于心梗。

我还很想问问他呢，问他有没有后悔过自己以前的决定，弗朗茨接着说。

人生最可能错过的就是爱情，我对弗朗茨说。

如果是这样的话，我母亲就错过了一切。她后来变得冷酷无情，看什么都不顺眼。如果我父亲过得还算幸福的话，那是我母亲为他付出了代价。

如果你父亲没有离开她的话，那你母亲的幸福就是以牺牲你父亲的幸福为代价的。你现在原谅你父亲了吗?

他已经死了，我母亲也死了。那时是战争年代啊。估计是因为这个缘故，我父亲给自己二战前的生活画上了句号，所以他能够在战后开始新的生活。可我母亲有孩子啊。

我要和你一起生活，我对弗朗茨说。

是啊，能这样太好了，弗朗茨说。

弗朗茨和我现在躺在食肉植物中间。午夜十二点半了。弗朗茨问，现在几点了？我说，现在十二点半了。只要我们约好，弗朗茨在周三或者周六来看我，我们就会担心，这个周三或者周六也将有午夜十二点半来临的时候。从十一点半或者十二点开始，我们两人就只想着那不可避免的事，想着当弗朗茨在一片漆黑中小心翼翼地轻轻说出“我得回家了”这句话之后的结果。一周又一周以来，他说这句话的声音越来越轻，变得像是在耳语，但是，即使是这样的耳语也变得越来越不连贯。尽管如此，他还是每次都说这句话。他说得越轻，耳语时越来越透着怯意，我就越发对他纠缠不休：别走吧，今天就别走了吧，就一次不走，行不行啊。我大声地哭闹，我发脾气，我把门堵住。可是弗朗茨还是走了。总是这样。他快速地穿过过道走到公寓门口，像穿越一阵冰雹那样缩着脖子。

有一次，弗朗茨睡着了。我盼望、祈祷着，他可别在天亮前醒过来呀。我也试着入睡，这样我就不必叫醒他。我静静地躺着，几乎憋着气不呼吸，但弗朗茨还是问我几点了，我告诉他十二点半了。

每到十二点半，弗朗茨都把他的身体从我身上挣开，穿上衣服，把烟斗填好，过后在车里抽，好用烟雾把我黏附在他身上的气味驱散。他每次分别时的这种绝情留给我的都是愤怒和无助。我只有一个念头，我要摆脱这种状况，我不想再被孤零零一人留在这里，“不赢得你毋宁死”。我已经记不清，我当时只是想干点儿什么，还是我真的做了些什么。如果我不及时停止回忆的话，我就会回想起某些事件，但我不愿意相信，这些事件曾经发生过。而有些事又是那么真实地出现在我眼前，以至于我从来没有怀疑过我亲历过这些事件的真实性。但这些我自认为亲身经历过的事情其实并不可能真正发生过。比如，我不可能在靠近高速公路出口“赫宁斯多夫”的地方猛地撞上过一个桥墩，但是，我却记得很清楚，我出过这次车祸。那时正值秋季，天刚刚黑下来不久。高速公路上空空荡荡。路标显示：赫宁斯多夫，一千米。一九五三年六月十七日，几千名正在罢工的钢铁厂工人从赫宁斯多夫游行到了柏林。当来自赫宁斯多夫的工人还远在奥拉宁堡南部、离柏林很远的地方时，柏林潘科地区的居民声称，他们就感到九十六号长途公路的柏油路面在自己脚下震颤起来。我加大油门，睁着双眼就撞上了右边的桥墩。

或者说说我服毒的那个晚上吧。和以往一样，弗朗茨半夜十二点半回家了。我大声呜咽着坐在床上，手里握着弗朗茨大衣上的一枚纽扣。我把剩下的葡萄酒喝完了，先是喝掉弗朗茨杯子里的，然后是喝完我自己杯子里的，最后把瓶子里剩下的也喝光了。阿特不在家或者是不接电话。我脱掉浴衣，站在过道里的镜子前，在顶灯无情的光芒下打量着自己的裸体，我肚子上、大腿上那大理石花纹般微红的皮肤，我那柔软的、近来过于丰满的乳房——这让我想起了我母亲那对沉甸甸的玫瑰色乳房——还有膝盖上方松弛的肌肉。我看不出自己身上有任何地方可以增强“弗朗茨非常爱我”这样的自信心。谁长成这个样子，还可以去爱别人，但是不会再有人爱了。我一边想着，一边把五十或者六十颗药片用搅拌器和橘汁搅和在一起，几口就把这种又苦又黏的液体吞了下去。估计我后来是呕吐过了。总之，第二天早晨我准时醒来，并没有什么异样的感觉。我当然不想死，更不愿意真的死掉。我只是想要改变一下自己目前的状况。那些所有我当时做过的或者想象自己做过的事情，都是为了一个目标：改变我自己的处境。因为我无力把自己的境况变好，唯有考虑让情况变得更糟来改变我的处境，比如，用这种或那种方式干掉我自己。其实，我宁愿死的不是我自己，而是弗朗茨太太。不过，我很清楚这个愿望的实现会和各种各样的危险紧密相连。死前她不能生病，这会使弗朗茨同情她或者重新燃起对她的爱，他们会重归于好。她的死绝不可以让弗朗茨有任何内疚感。自杀和车祸都会是灾难性的死法，除非车祸发生时她正在一辆出租车里。但是，这种车祸的结局一般不会是致命的。其实，飞机失事既可以保证猝死又可以归咎于天意，而不会让弗朗茨有罪责感。然而，飞机失事不是我能掌控的，特别是我也不想看到许许多多无辜的乘客同样会不可避免地坠机而亡。此外，弗朗茨太太没有弗朗茨的陪同，从不自己乘飞机旅行。即使真有那么一次她自己单独乘飞机旅行了，而且飞机也碰巧失事了，并且弗朗茨在她死后由于不习惯独自生活搬来我家了，所有这些却都不能再证明任何东西了。

我无法再知道，弗朗茨和我那时候是不是已经做好了准备，要抛弃生活中迄今为止都很安定、保险的东西，而抛弃这一切仅仅是为了换取一种渴望。我从不敢说那样做是为了我本人，我是为了那些我在弗朗茨身上、他在我身上发现的东西——一种与众不同的东西。为了它，我们诱拐了帕西法尔；西碧乐放弃了她的芭蕾舞服饰精品店。它还让弗朗茨的父亲在他认为自己必死无疑的时刻眼前闪现出露西・温克乐的形象。总之，弗朗茨太太的任何一种死法，都会使弗朗茨成为鳏夫，会需要一个新的太太。那样他就不需要用表白来证明什么了。对弗朗茨来说，他太太的死可能会是一种解决问题的办法。我不清楚弗朗茨是不是希望过她死去。回想往事真是太困难了。我的记忆力在回避着什么，就像眼睛回避着令人厌恶的景象一样，比如，出脓的伤口，或者一大摊呕吐物。此时，疲倦温柔地合上了我的眼皮，仿佛我死了，有人在给我提供最后的服务。这种动作我只从电影里看到过。就这样，闭着眼睛，我找到了弗朗茨——他手臂上搭着灰色的大衣，站在布氏腕龙下，我的身旁。一只美丽的动物，弗朗茨说。我说，是的，一只美丽的动物。但是，今天我要回忆到底，然后就再也不回忆了。今天我要停止等待弗朗茨。

我终于想明白的是，弗朗茨太太的死并不能帮助我得到我想要的表白。而没有弗朗茨发自内心的表白，无论他口头上再怎么说爱我，对于我这都没有任何价值。于是我放弃了打造弗朗茨太太各种死法的念头。取而代之的是我开始跟踪她。从弗朗茨嘴里我知道，她每天下午一点半到两点之间回家。但凡我能够安排好在这段时间里离开博物馆两个小时，我就开车到弗朗茨家所在的那条街，找好一个停车位，从那里可以清楚地看到通往地铁方向的路，然后我就静候着弗朗茨太太。弗朗茨住在位于法扎能广场附近的一条小街里，对于柏林这样的大城市来说，这条小街可算是相当安静了。街的一面与种着欧洲山毛榉和法国梧桐树的一座小公园毗邻，这给住在这些十九世纪末叶兴建起来的豪华公寓里的居民，其中也包括弗朗茨和他太太，提供了赏心悦目的奢华景色。当我们两个人打电话时，如果弗朗茨家的窗户正好敞开着，有时我会听到树上筑巢的鸟儿正在叽叽喳喳地叫着。

弗朗茨太太总是准时回家。那短小、坚定的步伐，不让人觉得它们会偏离既定的目标。她总是显得匆匆忙忙，似乎有什么不能拖延的事情在等着她。当走到邻居家附近时，她把手伸到右肩上的挎包里，不用寻找就拿出家里的房门钥匙。有一次，她碰到了一个邻居，就停下和她聊了一会儿。她不属于那种人，为了加强说话的效果，会去触碰别人的胳膊，或者亲密地靠近别人。她宁可保持距离。她也没有什么肢体动作。她的一只手拽着纽扣衣襟的地方，另一只手放在腰际的挎包上。她笑起来的时候，头侧着，像个小女孩那样皱起鼻子。除了她笑的样子，我没发现她身上有其他让人讨厌的地方。然而，在她身上，我也没有发现我要寻找的那种让人联想到弗朗茨的特殊之处，没找到那种让她在弗朗茨眼里显得独一无二的东西。毕竟他不是和一个高个子，有着深色头发或者红发的女人，而是和她这个小巧的金发女人生活在一起。她那过小的双脚甚至在街上也引起了我的注意。

即便是她已经进屋了，我也不开车离开，而是等在那里，看她会不会打开窗子，或者很快又拎着个买菜的篮子离开家。有时候我会随后跟着她，像我在侦探片里看到的那样，保持着应有的距离，一直跟到乌兰特街的超市那里。我先在街上等一会儿，然后我跟着进去，观察她给弗朗茨买些什么，这样我就可以买同样的东西。

很有可能，某一天我跟她搭过话。至少有一百次或者更多次我打算这样做。当她从地铁上来时，我想装作巧合，向她迎面走去，跟她说自己是她先生的同事，曾经看见过她和他在一起，所以现在立刻就认出她来。我得在这一带办点儿事，现在利用这点儿空余时间出来散散步。如果我能用自己对博物馆和对她先生的准确信息证明自己是可信的，也许她会邀请我去她和弗朗茨的公寓呢。

通常弗朗茨离开我的时间是午夜十二点半，早晨第一班有轨电车开车的时间是四点半，而我，只有当第一班有轨电车启动时才能入睡。在他离开和我入睡这段时间里，有多少个小时，有多少个令人绝望的无眠时刻，我和她相对而坐，想从她那里打听出弗朗茨缄口不言的东西。我不知道我跟她聊过多少次。我也不知道，我们俩之间的诸多谈话中哪一次是唯一真正发生过的一次，而那一次和其他谈话的区别又在哪里。

但是，我觉得，我臆想出来的答案和她给我的答案之间区别不大。只是，她和弗朗茨一样不用"看"，说"瞧"。"您瞧瞧"，她这样对我说，而我对她说，"您看看"。而且，她和弗朗茨一样，说"回家去"，不说"回到房子里去"。这些我都能自己想象出来，因为我知道她也是在乌尔姆附近出生的。如同我期待的那样，她邀请我进屋了。通向弗朗茨书房的门敞开着，顺着满屋灿烂的阳光，我看到了公园里的树梢和正在坐巢的小鸟，我有时在电话里听到的叽叽喳喳就是它们了。

那个拿破仑帝国时代细工镶嵌的五斗柜是祖传的，玻璃柜也是，她说。这话听起来不像是为自己的品位，而更像是替家里的贵重物品做辩解。我们用印有狩猎题材的英式瓷器喝着茶。我说是英式瓷器，是因为趁着弗朗茨太太去厨房拿牛奶的空当里，我看了一下杯子的托盘，从它下面的印章得出了这个结论。她坐在我对面，以左手托腮，并用右手撑着左肘。毫无疑问，她也在琢磨着我。她的注意力有点儿像某些孩子的那样：他们长时间着了迷似的认真盯着我们博物馆的某个陈列柜，直到老师发现他们并夸奖他们对展品这么兴致勃勃。我当然不知道自己在她眼里形象如何，但是猜得出，她注意到了我的不自在，认为那是因为我生活的那个不寻常时代造成了我与人交往方式上的拘谨和缺少活力，或者她认为那是因为我不熟悉中产阶级家里的富丽堂皇而受到了可以理解的文化冲击。天知道是什么原因，总之，她这么接待我，好像我脸上长了个血管瘤，似乎她下了决心，要勇敢地面对这个挑战。她问我在博物馆的哪个部门工作。当获知我负责的是那个无可比拟的布氏腕龙标本时，我自认为注意到她的眼睛亮了一下，是那种知情的目光。原来她早就知道了，我想。她侧着头，用一种不加掩饰的胜利感打量着我说，那我就知道您是谁了。我掐灭了烟，因为我的手颤抖得很厉害。她说，原来就是您把一副大骨头架子说成是“一只美丽的动物”啊。我先生被这深深地感动了，当天晚上他就禁不住对我讲了这件事。太棒了！您瞧，这种单纯质朴正是我们可以向您学习的地方。我和我先生几乎见过了世上所有的动物，而您还能如此欣赏一副大骨头架子，好像它还活着似的，太棒了！

直到今天，我都觉得她不太可能真发表过如此愚蠢的言论。甚至现在想起这些话都让我已经瞎了的双眼盈满泪水。是啊，眼里有泪，多美好的感觉。有好几个星期我都没有再哭了，既没有因为痛苦也没有因为快乐再哭过。当然也有可能，所有这些都是后来我依据各种印象去拼凑、推断出来的结果，因为在他太太声称弗朗茨当晚就把我和他内心之间最深藏的秘密——我们的爱情魔咒——像城里的任何流言蜚语一样私下透露给她时，我不得不把注意力放在了让自己继续呼吸这件事上。当时我的身体拒绝吸入空气，就像美国电视剧《海豚浮力波》里的海豚扮演者母海豚凯西一样。它在剧组结束拍摄工作卖掉它之后拒绝呼吸而夭折。

弗朗茨太太说，上个周末她刚刚和她先生一起参观了博物馆和布氏腕龙。当他们想象这只庞然大物在汤达鸠活着的样子时，一种虔诚的感觉在她和她先生的心中油然而生。是在汤达鸠，对吧？她用目光询问着，同时拿起了茶壶。

对，是在汤达鸠，对，我说，看着她给我添了茶。

弗朗茨和他娇小的金发太太在我的位置上站过了！我不知道世界上所有的位置中有哪些是属于弗朗茨和他太太的。哈德良长城是属于他们的，当然还有圣马可广场、威尼托大街、利马特河岸、特拉法加广场、波特贝罗市集、布里克街以及整个佛罗伦萨；但是，布氏腕龙小脑袋下的这一平方米是属于我的，只属于我一个人。

弗朗茨太太用一种让人无法忍受的谨慎把茶壶放下，小心地抚平了桌布上的一个褶。当她再没有什么事可做时，便把手交叠着放在膝盖上。她微笑着。我现在觉得，她的微笑并没有什么特别之处。估计是她用汤达鸠这个词已经说完了所有可以想得出的共同话题，所以，她用微笑来继续表示主人的殷勤好客。然而，我当时在她的微笑里看到的却是得意扬扬的胜利感，仿佛在说，我们，我先生和我，在你的位置上站过了，你觉得怎么样，我亲爱的？

弗朗茨曾经说过，他太太没有经历过任何不幸的打击。现在，她就是如此这般坐在我的对面，小巧，瘦削，没有受过伤害。我有种不可控制的欲望要抽她，想站起来，慢慢地走向她，挥手向她那毫无戒备的脸上打去。我要在手掌里感觉她脸颊上粉红柔软的皮肉，我想看到她眼里那难以置信的惊恐和颤抖着下巴要哭的样子。她应该停止这样微笑。我不相信我真的打了她，估计是说了些什么。也许我向她说明了使用“我先生”这个词组的可笑之处，并建议她最好说“我们的先生”。或者我直截了当地告诉了她，我爱弗朗茨，弗朗茨也爱我。像她这样一个娇小的、让人想起帕勒贝格小姐的金发女人被选为弗朗茨的伴侣，只能归咎于命运阴错阳差的失误，或者是命运的先见之明，因为它预见了我目前这种从那个不寻常时代得到解放的情况。估计我还这样说了，弗朗茨会遇见我并爱上我是天意。而弗朗茨最近把她引到布氏腕龙下只是为了在那里和她告别而已，是为了在他当初找到我的位置上向她诀别。

她脸上的笑意消失了，但是在她身上我也看不到任何害怕或者绝望的迹象。仿佛一声令下，她脸上所有的光亮立刻消失了，就像没人能在黑暗中观察到任何感情波动一样。她的眼神令人琢磨不透，嘴唇也闭得紧紧的，只有她把左手的手指弯向手腕的力度多少让人感到些她情绪的激动。她一言不发地站起来去了厨房，端回来一杯水，递给我后问道，要不要给我叫辆出租车，或者在目前这种状态下我是不是还有把握自己开车回家？这听起来没有什么不礼貌，于是，我又产生了想抽她的欲望。您是个怪物，我说，然后拔腿就走了。

我和弗朗茨太太的这次会面，我也就知道这么多了。只要我尝试着去更准确地回忆，我就累得很难受。其实，也没有什么必要去更准确地回忆了，不准确就已经糟糕透了。

不知道是什么时候，弗朗茨来了。我无法说清他是当天晚上来的，还是那天之后，或者是更晚些时候。连续的按铃声让我从深度睡眠中浮游上来。有可能我之前服用了安眠药或者喝了太多的葡萄酒。弗朗茨只说了一句话，一百次地只说了这一句话：你为什么要这样做啊？他是不是还说过其他的话，我不记得了。也许我回答他了，也许没有。其实一切都无所谓了，因为我自己也不清楚究竟什么是真相。

后来，躺在食肉植物中间，我感到了一种令我昏昏欲睡的沉静。像只猿猴那样，我用胳膊和腿揽住了弗朗茨。有那么一会儿，我有种很美妙的感觉，好像是我身上长出了皮毛，似乎密密短短的动物皮毛盖住了我的脸和身体。我把自己扁平的兽鼻埋在弗朗茨脖子和肩膀之间的凹处。弗朗茨在我鼻息的阴影里轻轻地喘着气，好像他要隐身其中似的。我们就这样一动不动地躺了很久。我真希望自己在这一刻死去。弗朗茨肯定也有类似的感觉。他给我讲了保罗和弗兰琪丝卡的故事。当维吉尔引导着但丁穿过地狱去参观对爱之罪人的惩罚时，但丁因为看到保罗和弗兰琪丝卡所遭受的痛苦而失去知觉。弗朗茨说，他俩得永远被狂风追逐、冲撞着，在地狱里飘来飘去。但是，他们不会让对方离开自己。尽管受尽了地狱的折磨，他们不会停止相爱。我父亲给我讲了这个故事，想用它向我解释为什么他那么爱露西·温克乐。

动物是不会下地狱的，我说。

*

后来，我常常琢磨，为什么我当时对这座城市几乎毫无感觉呢？虽然我看到街道被挖开，电缆和管道像腐烂了的内脏一样横七竖八地散落着，起重机像恐龙骨架一样弓着腰耸立在房顶之上；虽然我还看到，城市的颜色如同大自然在季节交替中那样变换着，但是，在这条街或者那条街上，在这个城区或者那个城区里究竟发生了什么，我却说不上来。而同时，我又觉得从来没有像那些天或者那几个月那样对这个城市有过如此强烈的归属感。我每天沿着既定的路线漂流过这个城市，像自来水管里的一滴水，像璀璨光海里的一个小光粒，像残垣断壁下的一块石头。如同那些被挖开的路面，我觉得自己身心俱裂。完全可以这样说，我和这座城市都疯了。说这座城市疯了的人，是我自己；说我疯了的人，至少会是阿特。

没有人还能够再信赖我们——我和这座城市。没人再能用他们习惯的方式来和我们打交道。城市里的路每天都在变化着。如果有人给第二天来访的客人描述到他家的行车路线，他未必能保证自己所描述的路线到约定的时间还会适用。和我相处的人也遇到了类似的情况。我不再是那个他们自以为了解的人。我不再通情达理，约束自己，我甚至不再守时，而守时曾经像疾病似的半辈子依附在我身上，我完全做不到不遵守时间。甚至当我有意让自己绝对不能准时到达什么地方时，结果也就是我顶多没有过早出现。自从我爱上弗朗茨以后，我很少还能够做到在约定的时间里出现在某个地方。开始的时候我觉得很难为情，以后就变得无所谓了，何况柏林城提供了无数个迟到的理由：街道被车流和人群堵塞了，被水淹了，被什么东西给埋住了，被封锁禁行了；有轨电车、地铁和城郊火车给取消了，改道了，或者不提供中转的机会了。这座城市与那些不可信赖、难以捉摸的人——也包括我自己——结成了联盟。因为我们俩几乎是同时变疯的，所以我觉得这个变化多端的城市很正常，就像两个酩酊大醉的人各自陶醉于对方的醉态，并惺惺相惜一样。然而，谁又能做到对“疯狂”了如指掌呢？我也同样可以把自己当时的精神状态看作是我自然天性的正常流露，因为我只是在追随某种强烈的内在愿望，不想再让自己受到其他东西的羁绊。我那时就问过自己，弗朗茨和我竟然在如此不同的动物世界里工作是不是纯属偶然？我研究的物种是已经灭绝的、离群索居的恐龙，而弗朗茨研究的是微小的、无法独自生存的蚂蚁，这些蚂蚁只有作为群体相聚时才是一个完美的生物体。

弗朗茨告诉我，任何一种蚂蚁群落里都具有那种合理建立起来的国家秩序。他说，每种蚂蚁王国内部都有和我们身体一样的分工，如同我们的心脏是供血的，肺部是用来呼吸的，肾脏是排毒的一样。我不明白的是，难道他希望人类，甚至他自己的生活中也有类似这么一套不容置疑的体系吗？或者他声音中那让人着迷的微颤是不是更源于他在做这类思考时所感受到的威胁？虽然我不得不承认这种想法对从事我这个职业的人来说很可笑，而且也和我在看待人的天性方面通常所持有的宿命论思想更相抵触，但是，我对蚂蚁王国那由遗传基因决定的专制统治一向深恶痛绝。

蚂蚁的生活有着如此合理的分工和组织结构，这使得它对最微不足道的渲染情感的需求也不留有任何余地。弗朗茨给我讲过的大多数有关蚂蚁的故事我都忘记了，唯有对蜜罐蚁，可能是因为它们形象的称谓，我至今还记忆犹新。它们分布在南非、澳大利亚和北美南部的沙漠地带。对蜜罐蚁来说，缺乏食物的时间不是在寒冷的冬季——在冬季，由于新陈代谢低下，它们自身的脂肪细胞就足以保证生存的能量。而干旱引起的“饥荒”季节逼迫蜜罐蚁拼命地储存食物。在夏季短短的一段时间里，它们采集矮橡树虫瘿的蜜液喂给最年幼的雌工蚁，因为这些雌工蚁的后腹部依然处在最有弹性的阶段，可以扩展到一粒豌豆的大小。然后，这些被灌满了蜜液的雌工蚁会像罐子似的悬挂在洞穴上方类似“天花板”的地方，一个挨一个地挂着那里坚守着它们“储存罐”的职能。一旦蚁群需要它们储备的食物，它们就会吐出体内存满的花蜜喂给其他蚂蚁。一个蜜罐蚁储存的蜜露可以给一百只蚂蚁提供十四天的食物，而当它清空了体内的储存之后，仍会像以前那样继续活着。

尽管蜜罐蚁为生存提供的服务并没有以死亡结束，也许正是因为没有以死亡结束的缘故，我才觉得在所有弗朗茨讲述的蚂蚁故事里，蜜罐蚁的故事最残忍。当然，似乎没有其他办法能比蜜罐蚁这种分工安排更合情合理。我很喜欢逻辑性强的东西，所以我不得不反复地思考，为什么一说到蚂蚁我就不禁想起“毫无人性”这个词，而这个词我绝对不会用到其他更接近人类的动物身上，因为把大自然看成“富有人性”或者“毫无人性”显然是荒唐可笑的。

我没有找到一个更为睿智的答案来解释我那种不合逻辑的感觉。蚂蚁向我们演示了该如何治理一个国家，才能在一亿三千五百万年或者更长的时间里生存下去。只是，谁愿意像蚂蚁那样生活？又有谁愿意遭受灭顶之灾？而我却选择了沉沦。弗朗茨声称，这太符合我的个性了，总是要选择点儿什么。尽管没有人要求我像蚂蚁那样生活，可我还是强烈地反对这种生活，甚至不惜冒着自我沉沦的危险。

*

那天，我在弗朗茨的公寓前暗中守候了他太太，那天晚上，我像个猿猴一样用双臂缠绕着弗朗茨。自那之后，我只有在弗朗茨有事到我们博物馆来时才会见到他。而那样的情况一个星期也最多不过一次，因为博物馆例行的人事和行政管理上的变动差不多就要完成了。他们任命了一个新的主管并解雇了几个工作人员。我不知道为什么没有解雇我，但就是没有。想必我那时是和二十年前一样在尽职地工作，或许是在乱哄哄的重组、改组中没人注意到我其实没有好好工作。对于发生在我周围的种种改朝换代，我只关心这些变革是把我和弗朗茨结合在一起还是把我们分开。

弗朗茨说，自从他太太知道了我的存在之后，他可能得有段时间不能来和我约会了。他说这话时，我们正坐在莫阿比特一家意大利餐馆前的小花园里。在这里他不用担心遇到熟人。而我在时隔多年之后第一次想起了我丈夫。他现在不是在庞贝，就是在喜马拉雅山，也许在柏林，但是没有和我在一起。一阵风把一朵早该凋谢的菩提树花吹到了我们的桌上。我猜想，我当时哭了，还问弗朗茨，我们现在该怎么办？对此他无言以答。我记忆犹新的只是弗朗茨用手指背面抚摸了我脸颊的那一刻。斑驳的阳光穿过菩提树叶落在弗朗茨的脸上，破坏了他眼里的青灰色。

从这一刻起直至通往博物馆所有的道路在某天早晨都被封掉

之时还有些日子，几天或者几个星期。这么长时间里我根本不知道自己是怎么活过来的。我的回忆失控了。它在我脑中像旋转的迷雾那样模糊，伴随而来的是天旋地转般的疲惫不堪，现在也不例外。布氏腕龙在我眼里也变得陌生起来。它叛逃到弗朗茨——弗朗茨和他太太——那一边去了。像看守地狱之门的三头狗刻尔柏洛斯那样，它愤怒地对着我龇牙咧嘴。它从高处对着我的狞笑已经没有同谋共反的意味了。以后，在弗朗茨永远地离开我之后，我和它又言归于好。以后，它又属于我了。

有一天早晨，通向我们博物馆的所有道路都被封锁禁行了。我发现，由于邮局或者供水局或者煤气公司横向把街道挖开的缘故，我平常从绍塞街进入荣军街的路线不能通行了。于是，我想绕道汉诺威街，但这条街在和弗里德里希大街交接的地方就已经被红白条的栏杆给封上了。第三种选择就是绕道奥托·格罗提渥街，它后来又被改回原来的名字露易丝街，但是才走到莱恩哈特街，我就看到消防队的好几辆消防车正在扑灭由电缆引起的火灾，或者正在对付爆裂的水管。我想找个停车的位置，然后步行走完剩下的路程。可是，所有附近街道上的汽车都双排滞留在行车道和人行道上。我继续开到奥拉宁堡街，在它和图霍夫斯基街的拐角处，我考虑了一下该不该掉头回去或者继续寻找其他路线。然而掉头回去已不可能，我就继续前行，一直开到哈克市场，然后径直回家。自从我相信自己失去了弗朗茨以来，我变得意志消沉，把日常生活中出现的任何一个偶然现象都感激地当成是为我做的决定而接受下来。通向博物馆的街道被封闭了这件事岂止是允许我回家，那简直是在命令我这样做！我应该做点不同的事，而不是在博物馆里鼓捣那些机械、枯燥的活儿。而且，在认识弗朗茨之前我曾有个最大的愿望，所以，当那天所有通往博物馆的道路都不能通行时，我做了个决定，终于要去那个我早就梦寐以求的地方，去麻省南哈德里的普里尼·穆迪花园。

*

在纽约，我差一点儿客死他乡。然而我猜想，大多数人像我一样，即使在纽约只是短暂逗留，都会自称差一点儿死在那里，或者至少是可以证明自己曾在那儿有过生命危险。我觉得，每个人都可以在纽约体验他想体验的东西。有这么多人几乎命丧纽约，也许并非意味着纽约是多么危险，而是说明有这么多人有着这样的愿望，至少要死里逃生一次，前提是他们必须先处于险境。也有可能的是，我们预料到了只有在纽约这样的城市，我们才会对自己随时随地都会遭遇到的生命危险有切身的体会。而在居家的城市里，虽然我们觉得晚上回家时在路上侥幸避开的那辆汽车太肆无忌惮，惹人厌烦，却因为这是日常生活中常会发生的事，而不会给那辆汽车本身贴上“威胁生命安全”的标签。

我本来打算在纽约最多停留两天，然后乘车前往南哈德里。不记得是谁给了我某个亲戚的地址，说他出游了，我可以借住在他的公寓里，钥匙可以从邻居家拿到。

那套公寓是由以前的厂房改建成的单元层，有好几百平方米，位于豪斯顿街的南边。光线穿过公寓高高的窗户，从东西两个方向涌进两间非常宽敞、由一扇玻璃门连接起来的房间。为数不多的家具之间盘根错节地生长着一些枝繁叶茂、一人多高的植物。一条从浴室里拉出来的带喷头的水管蜿蜒穿过大半个公寓，它显然是用来给植物浇水的。

如果不是偶然的机遇让我住进了这套无与伦比、妙不可言的公寓，我也许还是会去麻省南哈德里的普里尼·穆迪花园。但是现在，在纽约城逛了好几个小时之后，我筋疲力尽地坐在公寓里，发现这套公寓像纽约城一样让我有似曾相识的感觉，虽然我从来没有见过任何可以和它相媲美的住处。尽管住房的空间大得令人难以置信，我却并不感到害怕。慢慢地我发现，这里的家具没有一件是完好无损的。椅子的折断处用钉子固定着；椅背缺了个角码；有把藤椅是用一根很粗的绳子绑在一起的；一条床腿被两块砖代替了；两扇窗户之前的墙上斜靠着一块一米高的破镜子。而这一切所表现出的过眼云烟式的轻松随意却和那种一成不变、震耳欲聋的噪声混杂在一起——那种融合了街上百余种声音的嘈杂正通过敞开的窗子源源不断地涌进室内。

在这样一个空寂的大公寓里，身边到处都是某个我不熟悉的人的生活印记，陌生感、安全感相互交织伴随着我，使我完全沉醉在身处孤寂的环境而产生出的英雄气概之中。甚至当我想到了弗朗茨时，也没有了平时的那种绝望，我居然一次也没有尝试给他打过电话。在纽约城我第一次想到，我也许可以做到没有弗朗茨在身边，却仍能像和他在一起时那样快乐。

我虽置身于摩天大楼、空调机、制冰机以及永不间断的救护车的鸣笛声中，却感受到了以前在大自然中从没有体验过的那种像动物一样的自由。大自然越是未经开垦，越是荒无人烟，就越是冷冰冰地反衬出我自己的非自然状态。那些似是而非的惯用俗语突然显得真实起来，比如，都市丛林，脉动着的城市，海浪击岸般的喧嚣噪声，川流不息的交通，人潮涌动，房海街壑，等等。仿佛在杂乱无序的城市里，与我们的天性相辅相成的那个自然又出现了。

我一天天地推迟着去麻省南哈德里的日程。每在纽约城多待一天，我对普里尼·穆迪花园里远古鸟类足迹的期待就缩小一分。纽约城让我亲身遇见了那个业已复活的，象征着极端放肆、毫无节制的布氏腕龙。

此外，在我身上还发生了一连串非同寻常的事件。这使我有理由相信，我会在这个城市发现点儿什么。虽然我不太清楚我的发现究竟会是什么，但是我有种预感，它会结束我目前的迷惘状态。小时候我读过一篇童话，现在只记得这么几句："去那里，我不知道是哪里；给我把那个拿过来，我不知道那个是什么。"我觉得，在纽约城，我算是找对了地方，童话里的"我不知道那个是什么"也将会显示出来。

我逗留的第四或者第五天，是个星期天。我本打算那天乘渡轮去史泰登岛的。那天早上和前晚一样闷热，天气阴沉沉的，有点儿薄雾。由于纽约城房子厚厚的墙壁储存了不少白天的余热，所以即使是在夜里，这座城市也凉快不下来。如果我理解正确的话，纽约的电视那天早晨报道说，纽约的白人已不再占多数，中央公园已经鼠灾为患，到了失控的地步。成群成群的老鼠居然光天化日之下在落叶和灌木丛中忙碌地奔波着。另外，一只只老鼠还用鼠眼警觉地看着摄像机，这让我毛骨悚然。它们的样子好像是早就知道自己会什么时候、以何种方式来占据纽约的电视台。我打定主意，第二天一定要到中央公园去。

当我终于要动身去史泰登岛时，那个沉重的、向外开的铁门被我推开十厘米、最多十五厘米后，便遇到了无法克服的阻力。推开的那条门缝太窄，使我看不到整个过道，因而无从知道究竟是什么东西挡在了门外。我拼命地推，用身体撞门，却无法再多推开一厘米。肯定是有人用一个大铁块或者一个巨大的装满沙子的箱子顶住了大门，好让我无法离开公寓。我竖起耳朵听了听楼梯间的动静，却只听到那些从街上钻进来、被减弱了的嘈杂声。这栋房子里的住户似乎在这个周日都去了郊外或者去了纽约城附近的海滩，只有我一个人还待在房子里。我强迫自己平静地呼吸，尤其是呼气，因为我害怕的时候会忘记呼气。我在纽约并不认识任何人，因此不大可能有人要谋杀我。但是如果有人把我关在公寓里，再经消防梯进来，那他肯定是想加害于我。因为如果他只想偷点儿什么，或者如果他想寻找机密文件或者遗嘱的话，我不在家于他于我都会更加方便。这个人锁定的目标很有可能是公寓的真正主人，可却没有料到，后者出门旅行去了。

我坐到房间的角落里，从那里我可以盯住门口和那个锈迹斑斑的小阳台，消防梯就从它旁边经过。我浅浅地、小口小口地呼着气，直到我的手不再抖动。我至少这么坐了半个小时后，才壮着胆子迈上阳台，但在那里没有发现任何令人不安的东西。接着，我再去尝试开那扇门。我加了个助跑，用尽全身的力气撞向那扇门，撞得那么剧烈，导致我的左肩几天之后还疼得厉害。尽管这次冲击力那么大，我听到的只是紧挨着我头顶的地方有金属使劲往回反弹的哗啦哗啦的声响。原来，我昨天晚上把防盗门链上的圆头插销扣到滑钩里了！这不，防盗链为了我的安全还好端端地挂在门和门框之间呢。我从公寓主人的存酒里调了一杯金汤力或者类似的鸡尾酒，放弃了这个星期天去史泰登岛的计划。现在，我知道自己没被人关在屋里，按说可以平心静气了。但是，那种自己把自己关在屋里所引起的惊慌失措，却还赖着我不走，似乎房门这件事就是个欢迎它光临的借口，让它借此来制服我。惊慌失措是一种我很熟悉的感觉。只要半夜十二点半，我家的大门在离去的弗朗茨身后锁住，把留下的我关在房间里的时候，这种感觉每次都会左右我。

阿特给了我两个纽约的地址，让我有机会认识一下她以前结交的柏林朋友。其中一位是个单簧管演奏家，已经在纽约生活了几十年，据说还颇有成就。另一位是个女演员，若干年前她于某个星期天在佩加蒙博物馆里，就在佩加蒙祭坛前，认识了一个美国学生。后来，她跟他共结连理。不过，结婚之前，她必须先皈依犹太教。

我先给那位女演员打了电话。电话留言机里说话的是个男声，只报了电话号码，却没提号码的主人。既然那条街从我的住处走过去也就几分钟的路程，有天下午，我就按照地址去了那个在华盛顿广场附近的地方，想看看阿特的女友究竟是不是还住在那里。

门卫正在和三名情绪激动的修理工讨论着什么，还顺便递给一名房客一些邮件。他的脸虽然转过来冲着我，但口中还在继续与其中某一位修理工的对话。我大声地说出了阿特女友的名字，但显然我的英语发音太差，我重复了一次，门卫还是没有听懂。于是，我给他看了阿特的字条，他报出了楼层和公寓号码。由于那些修理工还在敦促他什么事，或者他就是这么个懒人，总之，他没有用电话向楼上通报我的来访。我走进电梯，按了五楼，结果电梯既没有停在五楼也没有停在六楼，而是在七楼才停了下来。我觉得现在还是用楼梯比较好，省得又得再次听凭电梯的摆布。这时，我看到一扇门，门上方写着鲜红的大字“出口”。我穿过去后发现是个小小的空间，它的左手还有个更小的门。当写着“出口”的门在我身后关上的同时，我拉开了那扇更小的门。谁知迎着我的并不是期待中的楼梯，而是个看不出用途、没有门窗的小房间。没有找到楼梯不说，更糟糕的是来这里的路却没有回头路，出口只能出不能进。我被那扇门用一个“出口”的许诺给引诱到这一边来，而门却不能从这一面打开。我把自己给锁到外面去了。

直到这一刻我才意识到在门的那一边刚看到的景象：有几处空无一人的公寓房门大开着，里面放着粉刷工具。现在是周五下午。在我迈进电梯的时候，修理工有可能已经告别门卫去度周末了。有那么一会儿，我做到了保持镇静，或者说我是被吓呆了。然后，我向那扇门发动了强攻。我使劲砸着门，砸得胳膊都青紫了，还一边叫喊道：“Help me，help me！[①]”我就像个狂躁症病人那样捶打着那扇门。也不知过了多久，突然，门开了，一个穿着白色粉刷工制服、有着深色皮肤的男人出现在我面前，摇头笑着，说了些我没有听懂的话。我乘电梯回到了底层。我始终没有见到阿特的女演员朋友。

单簧管演奏家似乎很高兴听到那个他称之为“东柏林的疯贝雅”的消息。他说，尽管他忙得团团转，但是一定要见我一面，不光是要让我给贝雅带个礼物，更主要的是他想听到许多关于德国以及所有关于柏林的消息。一年多了，他都没有机会飞回去，在那该死的柏林墙废墟上跳个舞。他问我是否有兴趣第二天来参加一个女慈善家的八十大寿音乐会。那场由他主办的音乐会就在

① 英语，意为：“救命，救命！”——编注

女慈善家位于河滨路的家里举行。他说，音乐会之后，我们还可以去一个酒吧喝一杯。我到场时，只需表明我的身份就行了，而他就是那个拿着单簧管的人。

音乐会应该是晚上八点开始，我却到得太早了。因为我除了那个单簧管演奏家——其实我连他也不认识——不认识其他客人，也因为我的英语即使是应付随便闲谈都很勉强，所以，我宁愿在外面等待，消磨那点儿多余的时间。这里有好几条街道都通向那个河滨公园，而女慈善家住的房子是其中一条街上的倒数第二家。和公园平行的那条街被一道栅栏墙把它与公园隔开。从公园那边飘过来的是夜晚的静谧。街道上几乎空无一人，只有一个穿着制服的门卫在他看管的房子前面巡视着，还有个穿着百慕大短裤的老人带着他的小猎犬在散步。我慢慢地穿过马路走到了靠公园的那一边。日落中的夕阳时不时地、忽而这里又忽而那里地被参差不齐的树叶遮挡住了。我背对着栅栏墙站着，径直望着我面前的那条街，思考着自己终于成功地来到了纽约城，并且还来到了河滨路这里，而在很长时间里我都觉得这是不可能的事。在我能意识到自己身处何方的每时每刻，比如现在，我都对自己居然能亲自出现在这个地方感到惊讶无比。正当我为自己迟来的自由而扬扬得意时，脑子里突然闪过一句话——后来我说不清是我的确听到了还是我只想到了这句话——你站在这个地方对你非常不利。即使没有任何理由去相信我站的地方有什么不合适，我没再多想，还是离开了我在栅栏墙边那个太阳能晒到的位置。像刚才过来时那样，我又慢慢地走回马路的另一边，看到那个穿百慕大短裤的老人正在把他那个小猎犬的排泄物铲到一个塑料袋里。我接着往女慈善家住房的方向走了没几步，一辆深色的汽车飞快地驶过我身边，想在岔路口右转，却打滑失控，猛地撞上了栅栏墙。一个年轻人从汽车里窜出来，跳过了篱笆。他早已经消失在树丛后面了，我才看到一辆警车踩着刺耳的刹车停在了他们追捕对象的车后。三楼一个阳台上有个女人向警察喊了些什么，并快速挥动着双臂指着公园的方向。这时，第二辆警笛长鸣的警车从另一条小路拐了过来。眼前的景象让我兴奋不已，这个场面跟我看过的美国警匪连续剧里的场景一模一样啊。显然警察们觉得进公园追踪那个逃跑的人毫无意义，他们讨论着，其中一个在打电话。我逐渐想明白了，那个年轻人撞向栅栏墙的地方正是我两分钟以前站着、听到或者想到了那句话的地方：你站在这个地方对你非常不利。我恍然大悟，我刚才差点儿就死于非命啊。我看到自己在纽约城的河滨路被撞得粉身碎骨，满身是血地躺在栅栏墙和汽车之间，而这里的居民没人可以辨认我尸体的身份。就像一个攀高的窃贼在错误的时刻望着脚下的深渊所感受的那样，一阵眩晕向我袭来。虽然死神与我擦肩而过，我莫名其妙地获救了，但相比之下，这种幸运更让我疑惑不解。

在这之前，四月里的那一天，有人在弗里德里希大街上把我的脑电波关闭了十五分钟，并让我尝到了濒临死亡的滋味。当我对此百思不解、想弄清楚究竟是怎么回事的时候，我与这句话不期而遇：人生最可能错过的就是爱情。

而这一次正好相反。这一次是有句话先行而至：你站在这个地方对你非常不利。我想着弗朗茨，想着这句话肯定有什么意义，就像那些我在自己身前身后关上、锁上的门也具有某种意义一样。如果我暴毙于河滨路边的栅栏墙和罪犯汽车之间是个偶发事件，它与我热爱弗朗茨有什么关联吗？“……不赢得你毋宁死”，但是，我不要这样不引人注目，或者这么不小心地死在纽约城肮脏的大街上，我不要这样的死法。这会使得弗朗茨以为我不是为他而死，以为我的死只是因为我挡住了一个不起眼的歹徒的路，挡了一个身在黑帮而车技又太差的小兔崽子的路。

我既没有去见那个单簧管演奏家，也没有造访中央公园的老鼠。我订了第二天早晨回柏林的机票。我要回到弗朗茨身边。

*

我回来的时候已是秋天。我们，我和弗朗茨，或许已经时日不多了。我们不太可能经常见面了。这是我和弗朗茨相处的时间里我记得最不清楚的一段时间。实际上我根本就不去想它。我唯独记得弗朗茨离开就再也没有回来的那个秋夜。当时没有下雨。今天我要回忆到底，因为今天我将停止等待弗朗茨。我得加把劲儿。如果我加把劲儿，我也许可以意外地获得某条线索，那样我就可以拽着它慢慢地穿越时空回到那天夜里，那个街道干燥没有下雨的夜晚。也许我这么累得要死是件好事。也许我的回忆变得容易多了，是因为我太累了，累得不能再抵抗那对我来说有可能是太过沉重的回忆。

有些事情不管我回忆不回忆都没有什么好质疑的。飞机肯定是降落在特格尔机场了。而且，当我拉着行李穿过机场去出租车站时，我不可能没有想起那个周六的早晨，弗朗茨在去哈德良长城的途中对他太太随意又温柔地微笑着，抱歉他的胳膊肘不小心碰到了她。我肯定是在长途旅行之后筋疲力尽，所以回家以后，既没吃东西也没打电话，就先躺到食肉植物之间并在床单上寻找弗朗茨的气味。我可能就这样睡着了。下午，我可能买过东西、查阅过信件。我相信，我女儿给我来信说，她想来看我。我相信，这封信让我很高兴。还有一封是弗朗茨写来的信，没错，是这样的，那是一张装在信封里的明信片。明信片来自我们博物馆的小卖部，是张布氏恐龙的照片。弗朗茨请我回到柏林马上就给他打电话。我想必是这么做了，可能是当天，也可能是第二天，估计是当天。

弗朗茨站在门口的样子，我记得清清楚楚。他没带鲜花，斜靠在门框上，仿佛他已经这样等待了好几个小时或者好几天，似乎他做好了准备，就在那儿无休止地等待下去。

他一直待到清晨。今天回想起来，似乎我们那一晚没有说过一句话。没有一句话留在了我的记忆里，只有那种好像来自树林的呜咽和怒号，那种发自内心深处的轰鸣和沸腾之声，只有我们融化在一起的肉体的饥渴的呼吸声。第二天清晨，一场暴雨席卷了这座城市，雨水像飞流直下的瀑布一样击打着白色窗帘外面的窗户。但这也可能是另一个早晨的事。这天清晨，当弗朗茨起床、穿衣、填烟斗，好用烟雾把我黏附在他身上的气味驱散时，我只是祈盼过，但愿有场暴雨在这座城市肆虐，但愿雨水像飞流直下的瀑布一样击打窗帘外的窗户。这也是有可能的。

分辨可能发生过和曾经发生过的事，对我来说很困难。这么多年以来，我早把所有可能与所有曾经发生过的事糅合、组合在一起了，这包括所想过的与所说过的、未来的与不曾忘记的、所希望的与所担忧的。尽管如此，故事仍然是同一个故事。结尾很清晰明了，它决定了一切。那是个不能修改的结尾，所以我就把它给遗忘了。

现在唯一折磨我的就是我的身体。它掐我、咬我、撕扯着我，我的脚在失去知觉，我的后背也疼痛难忍，好像有人在活生生地抽拉着我脊椎里的神经束。如果我可能成功地回忆到最后的话，我会躺到食肉植物中去，长长地睡一大觉。现在还有一小段就会到那最后的夜晚了。那天夜里没有下雨，我知道得这么清楚是因为我陪弗朗茨走到了街上。弗朗茨这天晚上必须得坐公交车回家，因为他太太开车出去了或者车坏了。于是，我们俩，弗朗茨和我，沿着我家街道上那些已经掉了许多树叶、半秃的树木缓缓地向车站走去。弗朗茨在我们博物馆的工作已经结束，而我则被调到了档案室，和布氏腕龙再无任何关系。按说这肯定会使我感到屈辱，但我相信，我没有太在意这件事。在此之前，我放弃在它脚下的晨祷已经有段时间了，这就好像有人放弃了信仰，从而也就放弃了去教堂做礼拜一样。我站在布氏腕龙面前时，无法再想象在旭日东升的早晨与它相遇在汤达鸠——它的灭绝之地，或许也曾是它的栖息之地。我无法再让它的骨骼包裹在肉身里，也无法再让它的心脏搏动起来。如同在纽约时，我对普里尼·穆迪花园里那些奇特的远古鸟类足迹不再寄托任何希望一样，布氏腕龙在我眼里也还原成了它本来的样子：一具骷髅。它身上的大多数骨头并不是真的，而是用精湛技艺复制而成的。

当我陪着弗朗茨去车站的时候，弗朗茨穿着一件白衬衣。这是个不冷也不热的夜晚，弗朗茨把夹克松松地披在肩上，身上的衬衣在黑暗中耀眼发亮。他用胳膊搂着我的肩膀，就像在爱丁堡用胳膊环拥着他太太那样。尽管弗朗茨几乎总是午夜十二点半的时候回家，为什么这次我这么快乐？但是我就是很快乐，我记得非常清楚。弗朗茨发亮的白衬衫，温暖的夜晚，没有下雨，而且我很快乐。

弗朗茨是在什么时候说的“我父亲是对的”这句话？没有图像，没有光线，只有弗朗茨的声音。那会儿光线肯定很暗，我肯定是两眼一抹黑、无声地躺在弗朗茨的怀里。这时他说，我父亲是对的，人是属于生活的。当生活对他来说就是那个露西·温克乐时，他就属于露西·温克乐。

我一动也不动，也不敢呼吸，有句话他还没有说出来。

我过去一直以为，父债要子还。但是如果他没有留下任何亏欠，因为他没有做错什么，因为那是他的权利去选择露西·温克乐……

弗朗茨没有再接着往下说。他的白衬衫在椅背上隐隐发亮。

然后呢？我轻声问道，声音小得连弗朗茨有可能都没有听到。

弗朗茨说，人是可以变得非常老的。过去我们所说的生命尽头，现在也就是生命的中期。其实我们也就才三十岁，最多三十五岁吧。

你是我的青春之爱，我说。

男人应该建座房子、养个儿子、写一本书，这些我都做到了。弗朗茨起身，背靠墙坐着，点燃了烟斗。他坐在食肉植物中间，就像个吹着笛子的森林之神。我还可以养个儿子，还可以盖座房子，还可以无休无止地写很多关于蚂蚁的新书。

黑暗中弗朗茨那双熠熠闪光、青灰色的小眼睛有那么几秒钟和烟雾混在一起，形成了一个朦胧幻影，好似幽灵，却长着一双栩栩如生的眼睛。我还在等着那句话，等着弗朗茨说完他不必子偿父债，因为他父亲没有留下任何亏欠这个想法后应该跟进的那句话。同时，我问我自己，为什么弗朗茨应该说这句话？为什么他应该这样做？为什么他应该搬来我这里，搬到一个像我这样爱哭闹、爱抱怨、正在衰老的女人家里？这个女人沿着哈德良长城亦步亦趋地追着他到了各个旅馆的床上；她跟踪他太太，在他太太面前制造荒唐可笑、丢人现眼的场面；她背叛自己生活中一切宝贵的东西：孩子、丈夫、布氏腕龙。为什么他要为了这个可悲的人而离开那个小巧的金发女人和毗邻公园的家，那个可以听到可爱的鸟儿唱歌的家？

后来，我们腾出了一个房间，因为弗朗茨问过，他可以把写字台放到哪里。那他肯定是说过那句话或者是类似的话了，或者他只不过是问了问他的写字台应该摆在哪里。我记得，我和弗朗茨大半夜里把后面那间房里的家具分散到公寓其他地方去了。我们一边喝着啤酒一边干活，弗朗茨在穿上衣服、扣上白衬衫纽扣的时候，还唱了一首我没有听过的歌。那首歌的最后一句歌词是："或者我从前该是忘记追求生活了吧"。

"或者我从前该是忘记追求生活了吧。"弗朗茨唱着，有时唱得令人难以置信，有时唱得充满着反抗精神，然后又唱出一副听天由命的样子。在我们离开公寓之前，他把吉他放到那间空出来的房间里。即使这样，他再没有回来过。

我们还没走到街道的尽头。我们沿着半秃的树木才走了没几步。弗朗茨在口袋里翻找着买车票的钱。走到街道的尽头以后再往右走五十米就是车站了。也许我在路上问过弗朗茨，他是不是仍然要和我一起去麻省南哈德里的普里尼·穆迪花园？或者弗朗茨仍然在唱着那首歌，或者只是哼着歌，或者他既没有唱也没有哼着那首歌，而是沉默着，因为他想起了他太太，不知道该怎样跟她挑明，他明天就要从毗邻公园的那个家里搬出来了，搬到我这里来。我不记得这些了。我只知道，我在那空出来的房间里坐在吉他旁边等着弗朗茨，一直等到天亮。现在我们走到街道的尽头了。往右转再走五十米就是车站。从左面隐隐射来两排车灯的光线，离这里还有段距离。弗朗茨想跑开，嘴里说着，车来了，我明天会来的。有那么一瞬间，街灯映着弗朗茨的脸，他眼里没有承诺，脸上的微笑已经在请求原谅。他不会再来了。我还得把家具挪回那间空房。我用胳膊勾着弗朗茨的脖子：别走了。公交车已经很近了，我把弗朗茨的袖子紧紧地攥在手心里：留下吧。弗朗茨想要挣脱，我用自己和他的胳膊紧紧地缠绕着他。我明天会来的。我知道，他在撒谎。那你走吧，走吧你！我抓着他，推着他，他挣脱着。一种从没听过的声响，像是湿透的纸板拍到了铁板上。一声惨叫，像是发自一群猎犬的哀号。是谁在这么嘶喊？公交车下有个人血流如注，倒在血泊里。大摊的血留进了排水沟。车子的前轮下是只碾碎了的男人胳膊。

*

是我害死了弗朗茨。或者那不是我干的？难道不是我在推他吗？因为我不想放他走，他自己摔倒了，或者踉跄了一下？无论怎样，是我害死了弗朗茨。现在我必须再次知道结局。也许我这么多年苦苦地等他，就是为了不必知道这个结局。一切都结束了。没有什么还可以让我保持清醒。走到我在食肉植物中间的那个位置不过几步路，我还走得动。一阵异样的风轻拂着我的脸，玩耍着食肉植物的叶子，那里面可有眼睛在眨动啊，到处都是眼睛，全都盯着我呢。全都是动物的眼睛。它们坐在食肉植物中间，留心我别出点儿什么事。越来越多的动物都来了，大小不一，安静地坐在一起。我躺在它们中间，一点儿也不害怕。我是它们中的一员，一只棕发母猿，长着扁平的鼻子和长长的手臂。我用长臂紧紧抱住自己那动物一样的身体。我就这样躺着，一动也不动。

译后记

德国当代著名作家莫妮卡·马龙的长篇小说《忧伤动物》之中译本终于在广大读者的期待中再版发行了。很多中国读者对女作家马龙其实并不陌生。二〇一一年十月，马龙曾受北京大学德国研究中心和歌德学院中国分院的联合邀请来到北京，朗读了其获奖作品《寂静巷六号》中的章节片段，并和作家刘索拉一起出席了邀请方主办的以“历史反思”为题的作家论坛。在我的主持提问下，两位女作家就德国的历史兴衰和对“文革”的思考进行了对话，引起在场读者的热烈反响。马龙其人与作品从此在中国得到了更多的关注。二〇一四年九月，歌德学院中国分院再次邀请马龙就《忧伤动物》的中文译本首版发行重启中国之旅。我有幸主持了马龙在上海、南京、武汉等地与高教和文化机构的作品朗读和讨论会。二〇一六年，马龙的《飞灰》中译本也与广大读者见面了。借着这两部作品，中国读者终于有机会走近这位在欧洲享有声望的作家的创作世界。

莫妮卡·马龙，两个德国的讲述者

莫妮卡·马龙于一九四一年出生于柏林西部的新克尔恩区。对很多战时出生的孩子来说，这意味着他们降生在了一个没有父亲伴随的生长环境。由于马龙的母亲赫拉·伊格拉茨的半个犹太人身份，马龙的生父瓦尔特不能与她结婚，这使得尚在母腹中的马龙险些遭到被扼杀的命运。她的出生应该完全归结于一个偶然的因素：因为那位可以为她母亲打胎的犹太医生突然销声匿迹了，马龙的生命才得以延续下来。如马龙在其一九九九年发表的自传作品《帕维尔的信札》里所言，她其实从小是在家庭中的几个女共产党员的呵护教育下长大的。马龙的母亲赫拉背叛了家族的宗教信仰转而信仰共产主义，并积极投入民主德国的筹建工作，在东德成立后自愿选择搬迁到东柏林居住。于是，年幼的莫妮卡也随母同行，被教育成为一个“反法西斯”的孩子。一九五五年，马龙的母亲与曾担任过柏林第一副市长、人民警察局总监、东德内政部长的卡尔·马龙结婚，后者便顺理成章地成了莫妮卡的继父，莫妮卡也继承了他的父姓，成了所谓的“高干子弟”。

中学毕业后，马龙先在德雷斯顿附近的一家飞机制造厂当了一年的铣工，然后进入柏林洪堡大学学习戏剧学及艺术史。此外，她还在电视台担任过两年导演助理，在表演学校学习工作过，并在两家杂志社做过多年的记者。这些生活经历在她的多部作品中都得到了相应的艺术再现。一九七六年，马龙辞去在东德《周报》的记者工作，开始了自由作家的生涯。

一九六六年，马龙年仅二十五岁时，就加入了东德的“德国统一社会党”，成了一名骄傲的年轻党员。然而一九七八年，在经历了一九七六年“剥夺比尔曼的公民身份”这样的政治风波后，她却选择了退党。究其原因，一方面，她在党内那十二年的所见所闻和亲身经历改变了她的信仰。这是一个从狂热追求到质疑反叛的过程，其中既有好奇、冒险精神和在理想主义教育下要做一番大事的冲动，也不乏失望、迷惘及痛苦的反思。如此看来，马龙于一九七六年十月至一九七八年五月之间与东德国家安全部的短期接触及“合作”，就是那些年里她追求自我、发现自我这样一个过程的缩影。我读过她为国安部提交的两篇报告——所谓的“揭发”报告——不能不为马龙在其中所表现出的犀利、勇气和批判精神而击节。另一方面，如她在《帕维尔的信札》中坦言，和上辈人的信念产生决裂是马龙这个家族有案可稽的传统。不光是马龙的外祖父背叛了自己犹太家族的信仰，皈依了基督教，而且他的后代们也都摒弃了他们最初的信念，转而或者信仰共产主义或者放弃了这个信仰。马龙的母亲赫拉和马龙自己的信仰就背道而驰。一九八八年，马龙终于获得一个为期三年、可以离开东德的签证。她移居西德的汉堡后，直至一九九二年才又重返故乡柏林。

一九八一年，在经历了与东德文化审查部门长达三年之久的马拉松式拉锯扯皮之后，在四处奔波寻找出版机会无果的情况下，马龙的处女作《飞灰》终于得以在西德的费舍尔出版社问世。这部使马龙崭露头角的长篇小说不仅以“欧洲最肮脏的城市B”为例，无情地揭露了东德工业区内严重的环境污染，而且还猛烈地抨击了东德的新闻检查制度，为世人特别是西德人打开了当时在东德被视为“禁区”的两扇窗口。从此，马龙在东德遭到了封杀，在东、西德统一之前，她的所有作品只能毫无例外地在西德发表。一直到一九八八年马龙出境移居汉堡，她都是在这种私人生活和职场生涯被强迫分割的状态下写作。如果说这本被德国文学评论界的巨匠马塞尔·莱西－拉尼茨基称作“伪小说”的《飞灰》还没有完全摆脱报告文学的痕迹，马龙所受的严格记者训练还从中可略见一斑的话，那马龙五年之后发表的第二部长篇《女叛徒》则运用了许多文学上的修辞手法，糅进了超现实主义和荒诞剧的因素，显示了作者独到的构思技巧和极强的文字驾驭能力。接下来马龙在一九九一年发表的第三部长篇小说《寂静巷六号》为她赢得了德国一九九二年“克莱斯特奖”的桂冠。此项殊荣奠定了马龙在德国当代文学史上的重要地位。她的后续文学作品如《忧伤动物》（1996）、《荒芜的终碛》（2002）、《唉，幸福》（2007）以及二〇一三年秋天出版的《阴阳之间》均获得媒体和专家学者的高度重视和评价。马龙也不负众望，连续多次获奖，例如，二〇〇三年，马龙被授予“巴特洪堡城的弗里德里希·荷尔德林奖”；二〇〇九年，她先是获得“美茵茨城市作家奖”，继而又在纪念柏林墙倒塌二十周年的活动中荣获“德意志国家奖”；二〇一一年，自由州萨克森向马龙颁发了“莱辛奖”。如此等等，不一而足。“莱辛奖”评委会在授奖辞中写道：“莫妮卡·马龙的独立性、公民勇气以及她所创文学的现时性都秉承了莱辛的传统……她的叙事艺术反映了两个德国那令人难以承受的历史和现状。获奖者洞悉世事，揭示奥秘，将个人以及社会的烙印和创伤一并呈现给读者。”

作为代表公众良心的知识分子，无论在德国统一前还是统一后，马龙都关注社会，积极参与政治、社会、历史及文化各个方面重大问题的讨论。她的最新长篇小说，即二〇一八年面世的《乌鸦慕宁或者心乱如麻》，就是借用女主人公对德国十七世纪“三十年战争”的研究来探讨德国乃至欧洲目前的难民移民政策、不同宗教文化之间的碰撞融合以及战争危机对人及社会的影响。小说一发表就引起了广泛的关注和争议。然而，马龙一向坚持己见，不随波逐流，始终保持着难得的公民勇气，并以她特有的犀利、睿智和幽默，针砭时弊，赢得了广大读者的尊敬和喜爱。她对德国文化生活的贡献还通过以下散文和论文集得到了印证：《无论怎样仍致以诚挚的问候——两德通信》（1988）、《基于我理解力的判断依据》（1993）、《横穿铁轨》（2000）、《我的出生地——柏林》（2003）、《为何我写不出那本书却依然要尝试》（2005）、《比特菲尔特的拱桥》（2009）以及为纪念德国统一二十周年而再版的文集《兄弟二人》（2010）。

创作的嬗变

尽管不是作者有意为之——特别是马龙的处女作《飞灰》初看似乎与其后的两部作品并无直接联系——但文学评论通常会把马龙早期的三部长篇小说《飞灰》《女叛徒》和《寂静巷六号》归为具有一定内在联系的上、中、下“三部曲”。在上部《飞灰》的结尾，女记者约瑟法·纳德勒顶着重重压力，不畏编辑部的封锁和打压，终于撰写出披露 B 城的工厂严重污染环境的报道。然而，在这之后，她身心交瘁，万念俱灰，一连多天都称病躺在床上，决定再也不回编辑部当记者了。《飞灰》结尾处这种精神上的压抑状态恰恰构成了中部《女叛徒》的开始。在这部小说的写法上，马龙对小说女主人公罗莎琳德·波科斯基的刻画和故事情节的交代都带有卡夫卡式的神秘怪诞色彩，这与上部小说里她所采用的白描式手法大相径庭。《女叛徒》的故事情节很简单：有一天早晨，罗莎琳德一觉醒来突然发现自己瘫在了床上。既然双腿动弹不得，不能去历史研究所上班了，她便在家里让自己沉湎于漫无边际的回忆和遐想之中，从而衍生出了许多貌似超现实、非理性、极其荒诞可笑的戏剧场景和对话。罗莎琳德这种从社会和生活的羁绊中抽身而退，转向自我封闭的做法，表明她虽身不由己却仍在主动追求梦境和幻想之中的某种现实意义，表达了她对平淡生活中遥不可及之事的强烈渴望和对压抑个性的现实所采取的冷嘲热讽的态度。虽然小说的开始呈现出一种病态、压抑的气氛，但它的结尾还是让读者体会到了某种朦胧的憧憬，因为罗莎琳德在连着做了几天的白日梦之后产生了一种要走出封闭的屋间，走进雨中的冲动："让雨水浇透，对，那该是多惬意的事啊。"

中部《女叛徒》结尾不再甘于幻想，想要有所作为的罗莎琳德·波科斯基在马龙三部曲的下部《寂静巷六号》中再次被作为同名同姓的女主人公引进小说。她以第一人称和框架回忆的方式向读者讲述了在她决定为东德一位病残退休老干部代笔撰写回忆录之后，两人之间发生的恩恩怨怨。马龙把原来那个耽于幻想、喜做白日梦的罗莎琳德变成了一个敢想敢为、有"犯罪倾向"的行动者——一个连罗莎琳德自己都难以认同的"威坐在打字机后面的复仇女神"。在捉刀代笔的撰写过程中，罗莎琳德不顾一切地质疑赫尔伯特·贝伦鲍姆自传中提供的有悖于历史的虚假信息，揭开了他个人和社会历史的伤疤。她的铁面无情最终导致了贝伦鲍姆的猝死。小说的中心主题和当时德国统一后在政治、文化以及历史领域里所展开的"对历史反思"的讨论相辅相成。《寂静巷六号》堪称德国当代文学领域里对东德进行历史反思中极具代表性的作品之一。小说中马龙的语言清新朴素，却非常具有表现力。而且，小说情节也起伏跌宕，引人入胜。难怪马塞尔·莱西－拉尼茨基在他为马龙获得"克莱斯特奖"所题写的《没有果皮岂有果实》的致辞中高度赞扬了马龙的作品为在极权统治下推动"自由言论"所做的贡献以及它们对读者的深刻影响，称赞她

“讲述了自己生活中的一段真实”，其中“果皮和果实融为一体，让我们这些饥渴之人可以从中受益”。

也许有读者会问：马龙的写作风格在德国统一后有些什么变化吗？对此，在我一九九八年七月十四日对马龙的第一次访谈中，她是这样回答的：“如果一定要说我的写作风格有了什么变化的话，我相信，那就是我写作时感到更加自由，更加平和。”不难想象，马龙的这种如释重负的感觉一定是自她迁移到汉堡就开始了。而且，自东德和西德合并后，她的写作一定是摆脱了新闻检查的束缚，不必再顶着潜在的压力创作。这也是为什么熟悉马龙作品的读者都会注意到在《忧伤动物》里女主人公大多用的是一种冷静自然、波澜不惊、娓娓道来的口气讲述了一个凄美的爱情故事。

纵观马龙的所有作品，读者常常可以在女主人公和作者身上发现某些相似之处，这是因为马龙每部作品的创作也是自身内省和思考现实的过程。她的作品大多是以与作者创作时年龄相仿的女主人公为主角，而且她们都是受过良好教育的女知识分子，都自觉不自觉地面临着某种抉择。从《飞灰》到《忧伤动物》，这几部作品还有个很明显的共同点，那就是马龙在这几部小说里或者把时间定格于某一点，或者让女主人公卧床不起，然后用倒叙的方式来回忆往事。如前所述，在《飞灰》的第二部分和《女叛徒》的结构设计上即是如此。书中两位女主人公都万念俱灰，有意让自己与世隔绝。《寂静巷六号》则是以贝伦鲍姆的葬礼为起点去反思所发生的一切。而马龙在构思《忧伤动物》时，是让一个自称处于耄耋之年的老太太超越我们所处的时代，从未来世界——二十一世纪中叶的某个年代——的角度审视自己的过去。但是由于老人回忆的不准确性，读者也不得不对老人所处的年代和她所讲述的故事将信将疑。与马龙前期作品一脉相承的是，这位风烛残年、长期离群索居的女主人公，几十年如一日，一心一意地沉浸在回忆自己——一位东柏林的古生物学家——和一位已有家室、来自西德的膜翅目昆虫学家之间的爱情故事里。既然《忧伤动物》仍是以不满现实或者说不得不屈服于现实、独处一隅的女主人公的回忆为主题，那为什么马塞尔·莱西－拉尼茨基一九九六年在德国《明镜》周刊第七期的书评里评论说“马龙以《忧伤动物》这部表现爱之诅咒和赐福的作品找到了自己的题材”？那么，《忧伤动物》与在它之前发表的作品相比究竟具有哪些新意呢？

在创作出《寂静巷六号》这样一部从文化政治上反思东德历史的小说后，马龙决定在下一部小说里开拓一个新的题材。我第一次采访她时，她谈到了自己当年为选题所做的决定：“现在我要做一件我也许很早以前就可能做过的事，即我要写一部爱情小说，因为我觉得非常不可思议，我居然没有写过这样的题材。”而撰写这样的爱情题材，对于马龙而言也只有在德国统一后那种宽松的政治环境下才有可能。于是，从马龙行云流水的笔下，从她的心底，流淌出了《忧伤动物》这首爱的挽歌；从马龙细腻缜密的爱情心理分析里，读者读到了女主人公爱的历程和爱的心语。虽然这部小说中女主人公回忆的爱情主线发生在刚刚统一不久的柏林，小说因而也被贴上了“转折文学”的标签，但是小说的主题更倾向于“非政治性”，并没有特别着墨于东德或者德国九十年代所发生的具有重大影响的政治变革，而是将其作为背景几笔带过。如此，读者也容易理解为什么小说开篇时女主人公即被置身于未来的二十一世纪的中期。她虽远离当时宏伟的历史场面，却是以过来人的身份回忆并为自己的遗忘辩解：“谢天谢地，我已经忘记了这四十年中发生过的许多事情；而且，绝大多数发生的事情也荒谬至极，谁又会记得住它。”为了淡化政治倾向，作者使用了童话般隐喻的手法来描述东德这个历史现象，把它简化成“荒诞不经和恣意妄为”的产物：“我曾经生活在一个不寻常的时代。我和弗朗茨相遇的时候，这个时代刚刚寿终正寝。”也就是说，正当同期其他作家在作品中把两德统一后随之出现的各种尖锐矛盾文学化而加以探讨时，马龙却把自己的关注视角它移，让德国统一这个历史事件退居次位来为小说的爱情主题做陪衬。于是，“房顶维修工”成了东德领导人，特别是党的总书记昂纳克的代名词：“我对房顶维修工本身并没有任何成见，只是觉得即便是在专制统治这样的条件下，能把砖瓦在房顶上铺得天衣无缝，并不代表着有足够的能力可以领导一个像国家这么复杂的组织。从长远角度来看，即使是独断专行也需要才智兼备、训练有素才行。”此外，臭名昭著的柏林墙也被以讽刺的口吻戏谑成有着“磐石般骄横”的“流氓式的恶作剧”。马龙当然不是在有意轻描淡写东德政治文化中诸多非民主程序所造成的后果。对她自己在文学选材方面兴趣的转移，马龙在与瑞士记者 Norbert Staub 的一次谈话中做了如下的解释：“我已经没有兴趣把民主德国看成我必须与之奋战的国家政体。”她旗帜鲜明地要把两性之爱作为本部小说的中心主题。她还对一九九九年采访她的瑞士记者 David Werner 这样说：“女人和男人的感受能力是不同的。我相信，女人爱起来也是不同的。这是我意图挖掘的一个题材。”这个关于爱情和女人之爱的题材在《忧伤动物》里无疑得到了酣畅淋漓的发挥。

《忧伤动物》解读

“忧伤动物”（animal triste）这个词组可以追溯到亚里士多德时代的拉丁语名言，即“欢爱后，每个动物都忧伤不已”（“Post coitum omne animal triste est”）。无疑，这部被冠以如此标题的小说让人有不祥的预感，并暗示着宿命的思想。小说的女主人公是位心静如水、近乎百岁的老人。在多年前有意斩断了与外界的一切联系之后，在她的后半生里，她唯一能做的就是或躺或坐在“印着鲜红、艳绿和深紫色的大花”并让人想起“食肉植物的花朵”的床单上，追忆几十年前自己和最后一位情人弗朗茨生死相随的爱情。小说的故事梗概是在老太太时断时续的回忆中由读者概括出来的：读者最终也不知姓甚名谁的女主人公“我”曾在东柏林离柏林墙三百米左右的自然博物馆工作，是专门研究布氏腕龙的古生物学家，结过婚，有个漂亮的女儿，但没有过青春之爱。对她自己在东德时期那四十年的生活轨迹，女主人公是这样回忆的：“……那几十年里，我为自己制定了一些人生准则并以我自己为中心建立了某种体系。”而她的这种体系就是远离政治，不同流合污，把研究对象布氏腕龙作为自己的精神寄托，研究它的生死存亡以期推断出人类，特别是东德的发展进程。在女主人公眼里，布氏腕龙既代表着她的思念和渴望，一种对远古那遥不可及所产生的思念和渴望，也象征着生命的原始冲动和爱的激情动力。在被柏林墙包围不能自由旅行的年代，她最大的心愿就是能够到美国麻省南哈德里的普里尼·穆迪花园去参观“那些大名鼎鼎的远古鸟类足迹”，会会同行。正是这种信念支撑她度过了自己的前半生，直到有一天，已不再年轻的她突然摔倒在弗里德里希大街上。当她从濒临死亡的状态中苏醒后，开始重新思考自己的人生意义。她得出了这样一个结论：“人生中最可能错过的就是爱情。”

这句让女主人公醍醐灌顶、在小说里前后四次出现的警句从此成了她的新行动准则。她并没有刻意寻找爱情，然而，一年之后，命运让她与弗朗茨——那个来自西德乌尔姆、专门研究蚂蚁的膜翅目昆虫学家——不期而遇。他们相识的地点也是难得的巧合，就在女主人公每天早晨顶礼膜拜的布氏腕龙的巨大骨架下。弗朗茨赞美布氏腕龙为“一只美丽的动物”和女人对他的应和，立刻把两颗不再年轻但渴慕爱情的心紧紧地连在了一起。他们的“一语钟情”是那种心灵的碰撞而最终达到了灵与肉的完美结合。“事后我才意识到，只有当我把自己的一生理解成一个特意等待弗朗茨的漫长过程时，我的出生才具有这么一个唯一的目的。有时候，我甚至还觉得，柏林墙之所以被拆毁就是为了让弗朗茨最终能找到我。而且，如果那天我不是像每天早晨一样虔诚地站在布氏腕龙的面前为我所错过的一切寻找安慰的话，如果我的生活过得还算幸福的话，如果我在布氏腕龙下的那个位置不是被我当成了我的蒙大拿、我的新泽西、我的麻省南哈德里的普里尼·穆迪花园的话，弗朗茨也就不会在那里遇到我。”如是，在女主人公眼里，她和弗朗茨是命中注定、天造地设的一对爱人。

然而，他们的相爱从一开始就避免不了悲剧的结局。这不仅仅是双方都有家室的缘故——特别是弗朗茨不肯离开他的妻子，以至于他们的爱情是游离于社会道德规范之外的“婚外恋”——而且这里还有政治、历史的原因造成的隔阂。两德长达四十年的分离和柏林墙二十八年的阻隔，使得他们错过了更早相见、相知和相爱的机会，让他们，特别是女主人公，有相见恨晚的感觉。最终，男女主人公性格上的差异和缺陷，弗朗茨性格上的软弱和优柔寡断，女主人公为了守住她“迟来的青春之爱”而采取的种种极端行为都加速了他们的爱情悲剧。一直到小说的结尾读者才读到了一个似是而非的结局，这就要求读者自己做出判断，去解释为什么弗朗茨在一个无雨的秋夜离开了女主人公的公寓就再也没有返回。至此，女主人的追忆结束。

马龙在这部小说的构思和情节安排上有意借鉴了德国十九世纪浪漫派的创作手法，特别是她成功地把那时流行的、沿袭自古希腊罗马时代的“挽歌”这种艺术形式穿插进来，使整部小说宛如一首低吟浅唱的浪漫挽歌。读者既可以为书中那种挥之不去的渴望和思念所感动，又可以同时沉浸在那种淡淡的、贯穿全书的惆怅和哀婉气氛里。换言之，马龙追随着浪漫派中最善于借助回忆来营造思念渴望的诗人诺瓦利斯，和通过诗剧《彭忒西勒亚》来表现自然纯朴、为情所惑甚至为爱疯狂杀戮的戏剧家克莱斯特，将他们两种截然不同的创作风格巧妙地融合在她的小说里。诺瓦利斯笔下表达渴望的“蓝花”主题被演绎成女主人公一再提及的、弗朗茨那双小小的“青灰色双眸”，克莱斯特剧中敢爱敢恨的彭忒西勒亚为爱不惜选择毁掉生命的直白则为小说的悲剧结局埋下了伏笔。因此，笼罩全书的那种让人欲罢不能的缠绵忧伤的基调与作者对女主人公和弗朗茨炽热爱情的渲染形成了鲜明的对比。而读者就是在这种种对立和冲突的相互作用里体验着作者对人性、爱情乃至人生的剖析。

作为读者，我们可以怎样解读《忧伤动物》呢？在回答这个问题之前，我们应该首先探讨一下这部小说独特的叙述角度，这也是这部小说的过人之处。整篇小说的叙述角度只有一个，那就是让女主人公在晚年以第一人称的口气反反复复回忆往事，借怀念逝去的爱、反省内心来展开情节。马龙继承了德国现当代文学所流行的创作手段，即使用回忆手法伴以联想，同时融入细腻的心理分析。她把回忆与联想相结合使小说的多条线索在不同层次上展开，让小说具有丰满的立体效果；同时，这种创作手法也颠覆了读者素来只喜欢大致跟踪情节的传统阅读方式。此外，欧美上世纪七八十年代盛行的“接受美学”理论以及德国教授Wolfang Iser提出的“内在的读者”的观点，也使得读者参与作品的创作和解读成为必然趋势。由此可见，西方文学早期现实主义创作中偏好的线性平铺直叙已不受青睐。而且，由于现当代小说的情节常常隐含在思考、议论、回忆、想象和对话之中，这就激发读者在仔细阅读和反复思考后做出自己的阐释。

马龙深谙此道，她这部小说的点睛之笔就是让主人公的选择性回忆和她的想象创新交叉进行，这种创作手法不但提供了每个情节的多种可能性，而且为读者在回忆和想象之间做出判断提供了较大的空间。此外，故事是通过一个耄耋老人之口讲出，更突出了回忆和人的记忆力的不可靠性，从而使小说或者说文学的真实性受到了挑战，情节也因而变得更加扑朔迷离，利于激发读者参与和解读的兴趣。这点特别体现在作者对小说结尾的处理上。尽管马龙似乎是在“无心插柳”，但她还是给予读者许多暗示，比如，有些想象的情节纯粹是用现在时描写的，这和某些明显是在回忆的章节采用的过去时态形成了鲜明的对比。但是由于中文语法没有德文那样时态分明的动词变位现象，不可能让读者更清楚地看出哪些是回忆，哪些是想象，这就给中文读者增加了阅读难度。对此，译者尽了自己最大的努力来缩小两种语言的差别。

我们大脑所特有的运行方式决定了回忆并不意味我们能够做到完整无误、准确缜密地还原过去。所以，对马龙来说，回忆可以是想象，也可以是一种再创造和创新的过程。马龙多次通过女主人公之口提示小说里的回忆和想象是紧密交织在一起的："不过，也有可能这些都只是我的想象而已。我长时间呆坐在这里，杜撰出不同的故事来解释为什么在那个无雨的秋夜，当他发现已无法找出合适的理由去向家人辩解自己的迟归时，便急急忙忙地离开我的住处，而且从此再没有回来过。"又比如："我已经记不清，我当时只是想干点儿什么，还是我真的做了些什么。如果我不及时停止回忆的话，我就会回想起某些事件，但我不愿意相信，这些事件曾经发生过。而有些事又是那么真实地出现在我眼前，以至于我从来没有怀疑过我亲历过这些事件的真实性。但这些我自认为亲身经历过的事情其实并不可能真正发生过。"这样的回忆方式势必给读者留下模棱两可、似是而非、真真假假、虚实相间的印象，而同时它也激发了读者的想象力和参与的兴趣。与回忆和想象相辅相成的就是女主人公所采取的选择性记忆。而选择性的记忆是回忆和忘却互动的结果。马龙在小说中为忘却的必要性进行了辩护："……只有失去知觉才能避免致命的休克或者永久性的精神创伤。忘却便是心灵所需的昏厥。"于是，女主人公有意让自己忘记了情人的名字，代之以弗朗茨（Franz）这个不太吉利的名字，因为这个词“听起来就和坟墓（Grab）、棺材（Sarg）一样美丽而深沉”。读者发现，女主人公宁愿让沉重的负罪感折磨自己，也不愿去回想他们爱情的结局。她选择忘却某些事件的最终目的是要回避弗朗茨失踪的真正原因。即使她最后竭尽全力企图接近回忆的真实，却仍然给读者留下了一个自主解读的想象空间和自揭谜底的悬念。尾声里那个男女主人公并肩走向汽车站的长长段落基本上是用现在时描写的，既再现了当时的情景，让读者有身临其境的感觉，又显然融进了女主人公想象的成分。他，弗朗茨，真的是在从她怀里挣脱时被她推到车轮下丧生的吗？还是这纯属意外，是个车祸？她那晚究竟做了什么使得她用自己的后半生来忏悔、内疚，仅仅靠回忆来承受内心巨大的痛苦？或者这些都是她臆想出来的，因为她在最后一次的回忆里把悲剧发生的根源全部归罪于自己，认为是自己那让他承受不起的热爱造成了他的意外死亡。难道弗朗茨出走的真相永远是个谜？

由于读者的生活阅历、人生态度、性格发展不尽相同，再加上每个人视角和想象力的差异，我们对小说的结局乃至整个作品的理解就会不同，会对书中“种种可能”的情节产生不同的反响，有接受、有排斥，从而得出迥然不同的结论。对这部小说结尾的不同理解也同样适用于解读女主人公和弗朗茨之间的爱情。马龙在《忧伤动物》里以极其细腻的笔触描写的爱不是一般意义上的男欢女爱，而是一种原始的、具有破坏力的、出自动物本能的、像恐龙那样地老天荒而同时又具有巨大象征意义的爱。女主人公和弗朗茨在研究生物的领域里各自为政，一个研究的是巨大的恐龙，另一个研究的是微小的蚂蚁。两者的研究对象看似不同，其实却有微妙的联系。因为柏林墙的阻隔，他们直到青春不再才有缘相识，而且是在自然博物馆这样一个非常特别的环境下邂逅彼此：其他观者面对的是布氏腕龙空荡荡的骨骼，他们俩看到的却是那个在一亿五千万年前还被“五十吨的肉身包裹着”具有强大生命力的鲜活动物，看到的是它在活灵活现地向他们展现着自己那原始沧桑的美。这种心灵上的共识让他们不顾一切地相爱了，使他们长久受到压抑的本能也终于在有生之年得以释放。作者写出了我们人性中最原始的那种冲动、爱和激情。而这种冲动和激情在许多人，特别是在中年人身上已经基本枯竭。女主人公是这样看待自己的爱情的：“我终于认识到，是我身上那种类似恐龙般的天性——那种趋于原始冲动、野蛮暴力、蔑视任何文明准则的因素——在这样强烈地爱着。没有任何需要语言表达的东西在反驳我对弗朗茨的热爱时能够证明自己是正确的。”

看到这里，也许有些读者会发问，这是真爱吗？难道这不是一种自私冷酷、丧失理智、丧失人性的原始欲望吗？它和真爱有什么关系？的确，女主人公在回忆中绝没有把自己装扮成正人君子的意图，她在深刻地剖析他人的同时，也在无情地解剖自己。她坦诚给读者的不是社会道德规范下的爱情观念，而是在揭露自然和文明激烈冲突下赤裸裸的人性，有美好的一面，更有丑恶的另一面。“我”的主线回忆常常被她故事里的其他人物的故事所打断。他们都不是完美之人，或多或少地影响了男女主人公的性格发展，或者是造成了他们的性格缺陷。马龙巧妙地把多条辅线串联起来为“我”和弗朗茨的爱情主线做铺垫。这里面既有几代人的爱情悲剧、婚姻解体，比如二战后女主人公的母亲和从前线返乡的父亲之间的不和谐婚姻；弗朗茨父母的爱情悲剧；弗朗茨的父亲不顾世俗偏见在爱情上的重新选择；女主人公自己在遇到弗朗茨之前平淡无奇的感情世界；弗朗茨和他太太刻板陈腐、被视作中产阶级楷模的家庭生活；阿特和阿赡的情变以及表现人性闪光点的诱拐小黄狗帕西法尔的行动；卡琳·吕德里茨夫妇庸俗的小市民恋爱观，以及德国统一后他们两人、吉格琳德和丈夫、莱纳尔和安珂等几个家庭的婚变。马龙还特别提及欧洲文学巨匠笔下的千古爱情悲剧来强调真爱的遥不可及和脆弱，它的反文明特性及其不可避免的悲剧性，比如特里斯坦和伊索尔德、罗密欧和朱丽叶、安娜·卡列尼娜、彭忒西勒亚等的悲剧。作为“克莱斯特奖”的获得者，马龙有意把女主人公塑造成一个多愁善感、敢爱敢恨的现代彭忒西勒亚，这从女主人公在绝望时不断吟诵克莱斯特的诗剧《彭忒西勒亚》中的句子“不赢得你毋宁死”就可略见一斑，而这种选择悲剧结局的爱情观也注定了女主人公和弗朗茨之间不可避免的爱情悲剧。马龙曾说过，她觉得描写性爱非常不容易，所以在小说里她或者是用想象的方式或者是巧用隐喻，把一个走火入魔、意乱情迷的痴情女子所经历的几个爱的阶段刻画得淋漓尽致："真正的奇迹是我们两人之间的肉体吸引。自从弗朗茨第一次用他的手背轻划过我的脸颊后，我们的身体似乎比我们更知道自己的意图。虽然我自己也说不清楚，如果没有肉体我们究竟会是什么样的人，但是，就我们来说，说我们俩的身体是随心所欲、敢作敢当的实践者肯定不会有错。它们互相渴慕着对方，仿佛是一辈子都被远远地强行分开。而当它们终于又可以相拥交缠在一起时，就被一种筋疲力尽的快感攫住，仿佛它们终于、终于有这么一天达到了目的，仿佛它们的天职就是要找到彼此，而且它们似乎也一直就知道会有错过彼此的风险。"

一个百岁老人曾飞蛾扑火般地追求过昙花一现的真爱，她的追忆，既是爱的绵绵心语，又是让爱重生的动力。她那份对爱的执着，对自己"迟来的青春之爱"的坚守、呵护乃至疯狂，让人惆怅、叹息、伤感，但更令人回味无穷。作家马龙独特的叙述角度，细腻的心理描写和自然优美的文笔使这个凄美的爱情故事在不同的国度、不同年龄段的读者中引起了反响和共鸣。《忧伤动物》这部马龙第一次以爱情为主题的小说出版后好评如潮，文学评论围绕着作家、主人公的良心和马龙作品的社会性以及作品本身的美学意义展开了积极的讨论，小说也被翻译成近二十种文字。这次中译本的再版是费舍尔出版社、漓江出版社、费舍尔基金会、歌德学院共同努力的结果。在此，我要衷心感谢大家的信任，能让我有机会翻译我所钟爱的女作家的作品，把《忧伤动物》的中译本介绍给中国读者。在此我还要特别感谢作家本人 Monika

Maron 女士的热情帮助，感谢费舍尔基金会的 Antje Contius 女士，漓江出版社的资深编辑陆源老师、孙静静老师，歌德学院中国分院院长 Peter Anders 先生，柏林文学学会的 Jürgen Jakob Becker 先生，我所任教的阿尔玛学院院方和外语系的同事们以及我家人对我的一贯鼓励和支持。借此机会，我还要特别向陈晓兰博士、比利时根特大学的 Elke Gilson 博士、北京大学的潘璐博士、《柏林日报》记者 Karin Stemmler 女士、王虹博士、朱蓬蓬博士等我身边的朋友表示衷心的感谢。他们在我翻译的过程中，不辞辛苦，给予我许多具体的指导和反馈，使我受益匪浅。

我坚信，如果你在自己的内心深处还保留了一个秘密的角落，还保留着一份对美好真挚情感的向往和憧憬；如果你真正爱过，或者正准备拥抱爱情，那你一定会喜欢这部小说的。

刘宏

二〇一四年三月于美国阿尔玛学院

二〇一八年十月修订于美国阿尔玛学院